林中小憩

席亞兵詩選

席亞兵 著

此書獻給南京大學士肖飛

朝向漢語的邊陲

楊小濱

　　中國當代詩的發展可以看作是朝向漢語每一處邊界的勇猛推進，而它的起源也可以追溯出頗為複雜的線索。1960年代中後期張鶴慈（北京，1943-）和陳建華（上海，1948-）等人的詩作已經在相當程度上改變了主流詩歌的修辭樣式。如果說張鶴慈還帶有浪漫主義的餘韻，陳建華的詩受到波德萊爾的啟發，可以說是當代詩中最早出現的現代主義作品，但這些作品的閱讀範圍當時只在極小的朋友圈子內，直到1990年代才廣為流傳。1970年代初的北京，出現了更具衝擊力的當代詩寫作：根子（1951-）以極端的現代主義姿態面對一個幻滅而絕望的世界，而多多（1951-）詩中對時代的觀察和體驗也遠遠超越了同時代詩人的視野，成為中國當代詩史上的靈魂人物。

　　對我來說，當代詩的概念，大致可以理解為對以北島（1949-）和舒婷（1952-）等人為代表的朦朧詩的銜接，其轉化與蛻變的意味值得關注。朦朧詩的出現，從某種意義上可以看作官方以招安的形式收編民間詩人的一次努力。根子、多多和芒克（1951-）的寫作自始未被認可為朦朧詩的經典，既然連出現在《詩刊》的可能都沒有，也就甚至未曾享受遭到批判的待遇，直到1980年代中後期才漸漸浮出地表。我們應該可以說，多多等人的文化詩學意義，是屬於後朦朧時代的。才華出

眾的朦朧詩人顧城在1989年六四事件後寫出了偏離朦朧詩美學的《鬼進城》等傑作，不久卻以殺妻自盡的方式寫下了慘痛的人生詩篇。除了揮霍詩才的芒克之外，嚴力（1954-）自始至終就顯示出與朦朧詩主潮相異的機智旨趣和宇宙視野；而同為朦朧詩人的楊煉（1955-），在1980年代中期即創作了《諾日朗》這樣的經典作品，以各種組詩、長詩重新跨入傳統文化，由於從朦朧詩中率先奮勇突圍，日漸成為朦朧詩群體中成就最為卓著的詩人。同樣成功突圍的是游移在朦朧詩邊緣的王小妮（1955-），她從1980年代後期開始以尖銳直白的詩句來書寫個人對世界的奇妙感知，成為當代女性詩人中最突出的代表。如果說在1970年代末到1980年代初，朦朧詩仍然帶有強烈的烏托邦理念與相當程度的宏大抒情風格，從1980年代中後期開始，朦朧詩人們的寫作發生了巨大的轉化。

這個轉化當然也體現在後朦朧詩人身上。翟永明（1955-）被公認為後朦朧時代湧現的最優秀的女詩人，早期作品受到自白派影響，挖掘女性意識中的黑暗真實，爾後也融入了古典傳統等多方面的因素，形成了開闊、成熟的寫作風格。在1980年代中，翟永明與鐘鳴（1953-）、柏樺（1956-）、歐陽江河（1956-）、張棗（1962-2010）被稱為「四川五君」，個個都是後朦朧時代的寫作高手。柏樺早期的詩既帶有近乎神經質的青春敏感，又不乏古典的鮮明意象，極大地開闊了漢語詩的表現力。在拓展古典詩學趣味上，張棗最初是柏樺的同行者，爾後日漸走向更極端的探索，為漢語實踐了非凡的可能性。在「四川五君」中，鐘鳴深具哲人的氣度，用史詩和寓言有力地

書寫了當代歷史與現實。歐陽江河的寫作從一開始就將感性與理性出色地結合在一起，將現實歷史的關懷與悖論式的超驗視野結合在一起，抵達了恢宏與思辨的驚險高度。

後朦朧詩時代起源於1980年代中期，一群自我命名為「第三代」的詩人在四川崛起，標誌著中國當代詩進入了一個新階段，1980年代最有影響的詩歌流派，產自四川的佔了絕大多數。除了「四川五君」以外，四川還為1980年代中國詩壇貢獻了「非非」、「莽漢」、「整體主義」等詩歌群體（流派和詩刊）。如周倫佑（1952-）、楊黎（1962-）、何小竹（1963-）、吉木狼格（1963-）等在非非主義的「反文化」旗幟下各自發展了極具個性的詩風，將詩歌寫作推向更為廣闊的文化批判領域。其中楊黎日後又倡導觀念大於文字的「廢話詩」，成為當代中國先鋒詩壇的異數。而周倫佑從1980年代的解構式寫作到1990年代後的批判性紅色寫作，始終是先鋒詩歌的領頭羊，也幾乎是中國詩壇裡後現代主義的唯一倡導者。莽漢的萬夏（1962-）、胡冬（1962-）、李亞偉（1963-）、馬松（1963-）等無一不是天賦卓絕的詩歌天才，從寫作語言的意義上給當代中國詩壇提供了至為燦爛的景觀。其中萬夏與馬松醉心於詩意的生活，作品惜墨如金但以一當百；李亞偉則曾被譽為當代李白，文字瀟灑如行雲流水，在古往今來的遐想中妙筆生花，充滿了後現代的喜劇精神；胡冬1980年代末旅居國外後詩風更為逼仄險峻，為漢語詩的表達開拓出難以企及的遙遠疆域。以石光華（1958-）為首的整體主義還貢獻了才華橫溢的宋煒（1964-）及其胞兄宋渠（1963-），將古風與現代主義風尚

奇妙地糅合在一起。

　　毫不誇張地說，川籍（包括重慶）詩人在1980年代以來的中國詩壇佔據了半壁江山。在流派之外，優秀而獨立的詩人也從來沒有停止過開拓性的寫作。1980年代中後期，廖亦武（1958- ）那些囈語加咆哮的長詩是美國垮掉派在中國的政治化變種，意在書寫國族歷史的寓言。蕭開愚（1960- ）從1980年代中期起就開始創立自己沉鬱而又突兀的特異風格，以罕見的奇詭與艱澀來切入社會現實，始終走在中國當代詩的最前列。顯然，蕭開愚入選為2007年《南都週刊》評選的「新詩90年十大詩人」中唯一健在的後朦朧詩人，並不是偶然的。孫文波（1956- ）則是1980年代開始寫作而在1990年代成果斐然的詩人，也是1990年代中期開始普遍的敘事化潮流中最為突出的詩人之一，將社會關懷融入到一種高度個人化的觀察與書寫中。還有1990年代的唐丹鴻（1965- ），代表了女性詩人內心奇異的機器、武器及疼痛的肉體；而啞石（1966- ）是1990年代末以來崛起的四川詩人，以重新組合的傳統修辭給當代漢語詩帶來了跌宕起伏的特有聲音。

　　1980年代的上海，出現了集結在詩刊《海上》、《大陸》下發表作品的「海上詩群」，包括以孟浪（1961- ）、郁郁（1961- ）、劉漫流（1962- ）、默默（1964- ）、京不特（1965- ）等為主要骨幹的以倡導美學顛覆性及介入性寫作風格的群體，和以陳東東（1961- ）、王寅（1962- ）、陸憶敏（1962- ）等為代表的較具學院派知性及純詩風格的群體，從不同的方向為當代漢語詩提供了精萃的文本。幾乎同時創立的

「撒嬌派」，主要成員有京不特、默默、孟浪等，致力於透過反諷和遊戲來消解主流話語的語言實驗，也頗具影響。無論從政治還是美學的意義上來看，孟浪的詩始終衝鋒在詩歌先鋒的最前沿，他發明了一種荒誕主義的戰鬥語調，有力地揭示了歷史喜劇的激情與狂想，在政治美學的方向上具有典範性意義。而陳東東的詩在1980年代深受超現實主義影響，到了1990年代之後則更開闊地納入了對歷史與社會的寓言式觀察，將耽美的幻想與險峻的現實嵌合在一起，鋪陳出一種新的夢境詩學。1980年代的上海還貢獻了以宋琳（1959-）等人為代表的城市詩，而宋琳在1990年代出國後更深入了內心的奇妙圖景，也始終保持著超拔的精神向度。1990年代後上海崛起的詩人中最引人注目的是復旦大學畢業後定居上海的韓博（黑龍江，1971-），他近年來的詩歌寫作奇妙地嫁接了古漢語的突兀與（後）現代漢語的自由，對漢語的表現力作了令人震驚的開拓。還有行事低調但詩藝精到的女詩人丁麗英（1966-），在枯澀與奇崛之間書寫了幻覺般的日常生活。

與上海鄰近的江南（特別是蘇杭）地區也出產了諸多才子型的詩人，如1980年代就開始活躍的蘇州詩人車前子（1963-）和1990年代之後形成獨特聲音的杭州詩人潘維（1964-）。車前子從早期的清麗風格轉化為最無畏和超前的語言實驗，而潘維則以現代主義的語言方式奇妙地改換了江南式婉約，其獨特的風格在以豪放為主要特質的中國當代詩壇幾乎是獨放異彩。而以明朗清新見長的蔡天新（1963-）雖身居杭州但足跡遍布五洲四海，詩意也帶有明顯的地中海風格。影響甚廣的于堅

（1954-）、韓東（1961-）和呂德安（1960-）曾都屬於1980年
代以南京為中心的他們文學社，以各自的方式有力地推動了口
語化與（反）抒情性的發展。

　　朦朧詩的最初源頭，中國最早的文學民刊《今天》雜誌，
1970年代末在北京創刊，1980年代初被禁。「今天派」的主將
們，幾乎都是土生土長的北京詩人。而1980年代中期以降，出
自北京大學的詩人佔據了北京詩壇的主要地位。其中，1989
年臥軌自盡的海子（1964-1989）可能是最為人所知的，海子
的短詩尖銳、過敏，與其宏大抒情的長詩形成了鮮明對比。
海子的北大同學和密友西川（1963-）則在1990年後日漸擺脫
了早期的優美歌唱，躍入一種大規模反抒情的演說風格，帶
來了某種大氣象。臧棣（1964-）從1990年代開始一直到新世
紀不僅是北大詩歌的靈魂人物，也是中國當代詩極具創造力
的頂尖詩人，推動了中國當代詩在第三代詩之後產生質的飛
躍。臧棣的詩為漢語貢獻了至為精妙的陳述語式，以貌似知性
的聲音扎進了感性的肺腑。出自北大的重要詩人還包括清平
（1964-）、西渡（1967-）、周瓚（1968-）、姜濤（1970-）、
席亞兵（1971-）、冷霜（1973-）、胡續冬（1974-）、陳均
（1974-）、王敖（1976-）等。其中姜濤的詩示範了表面的
「學院派」風格能夠抵達的反諷的精微，而胡續冬的詩則富
於更顯見的誇張、調笑或情色意味，二人都將1990年代以來的
敘事因素推向了另一個高度。胡續冬來自重慶（自然染上了
川籍的特色），時有將喜劇化的方言土語（以及時興的網路
語言或亞文化語言）混入詩歌語彙。也是來自重慶的詩人蔣浩

（1971-）在詩中召喚出語言的化境，將現實經驗與超現實圖景溶於一爐，標誌著當代詩所攀援的新的巔峰。同樣現居北京，來自內蒙古的秦曉宇（1974-），也是本世紀以來湧現的優秀詩人，詩作具有一種鑽石般精妙與凝練的罕見品質。原籍天津的馬驊（1972-2004）和原籍四川的馬雁（1979-2010），兩位幾乎在同齡時英年早逝的天才，恰好曾是北大在線新青年論壇的同事和好友。馬驊的晚期詩作抵達了世俗生活的純淨悠遠，在可知與不可知之間獲得了逍遙；而馬雁始終捕捉著個體對於世界的敏銳感知，並把這種感知轉化為表面上疏淡的述說。

當今活躍的「60後」和「70後」詩人還包括現居北京的莫非（1960-）、殷龍龍（1962-）、樹才（1965-）、藍藍（1967-）、侯馬（1967-）、周瑟瑟（1968-）、朱朱（1969）、安琪（1969-）、王艾（1971-）、成嬰（1971-）、呂約（1972-）、朵漁（1973-），河南的森子（1962-）、魔頭貝貝（1973-），黑龍江的潘洗塵（1964-）、桑克（1967-），山東的宇向（1970-）孫磊（1971-）夫婦和軒轅軾軻（1971-），安徽的余怒（1966-）和陳先發（1967-），江蘇的黃梵（1963-）、楊鍵（1967），浙江的池凌雲（1966-）、泉子（1973-），廣東的黃禮孩（1971-），海南的李少君（1967-），現居美國的明迪（1963-）等。森子的詩以極為寬闊的想像跨度來觀察和創造與眾不同的現實圖景，而桑克則將世界的每一個瞬間化為自我的冷峻冥想。同為抒情詩人，女詩人藍藍通過愛與疼痛之間的撕扯來體驗精神超越，王艾則一次又一次排練了戲劇的幻景，並奔波於表演與旁觀之間，而樹才

的詩從法國詩歌傳統中找到一種抒情化的抽象意味。較為獨特的是軒轅軾軻，常常通過排比的氣勢與錯位的慣性展開一種喜劇化、狂歡化的解構式語言。而這個名單似乎還可以無限延長下去。

　　1989年的歷史事件曾給中國詩壇帶來相當程度的衝擊。在此後的一段時期內，一大批詩人（主要是四川詩人，也有上海等地的詩人）由於政治原因而入獄或遭到各種方式的囚禁，還有一大批詩人流亡或旅居國外。1990年代的詩歌不再以青春的反叛激情為表徵，抒情性中大量融入了敘述感，邁入了更加成熟的「中年寫作」。從1980年代湧現的蕭開愚、歐陽江河、陳東東、孫文波、西川等到1990年代崛起的臧棣、森子、桑克等可以視為這一時期的代表。1990年代以來，儘管也有某些「流派」問世，但「第三代詩」時期熱衷於拉幫結夥的激情已經消退。更多的詩人致力於個體的獨立寫作，儘管無法命名或標籤，卻成就斐然。1990年代末的「知識分子寫作」與「民間寫作」的論戰雖然聲勢浩大，卻因為糾纏於眾多虛假命題而未能激發出應有的文化衝擊力。2000年以來，儘管詩人們有不同的寫作趨向，但森嚴的陣營壁壘漸漸消失。即使是「知識分子寫作」的代表詩人，其實也在很大程度上以「民間寫作」所崇尚的日常口語作為詩意言說的起點。從今天來看，1960年代出生的「60後」詩人人數最為眾多，儼然佔據了當今中國詩壇的中堅地位，而1970年代出生的「70後」詩人，如上文提到的韓博、蔣浩等，在對於漢語可能性的拓展上，也為當代詩作出了不凡的探索和貢獻。近年來，越來越多的「80後詩人」在前人

開闢的道路盡頭或途徑之外另闢蹊徑，也日漸成長為當代詩壇的重要力量。

　　中國當代詩人的寫作將漢語不斷推向極端和極致，以各異的嗓音發出了有關現實世界與經驗主體的精彩言說，讓我們聽到了千姿萬態、錯落有致的精神獨唱。作為叢書，《中國當代詩典》力圖呈現最精萃的中國當代詩人及其作品。第二輯在第一輯的基礎上收入了15位當代具有相當影響及在詩藝上有所開拓的詩人。由於1960年代出生的詩人在中國當代詩壇佔據的絕對多數，第二輯把較多的篇幅留給了這個世代。在選擇標準上，有多方面的具體考慮：首先是盡量收入尚未在台灣出過詩集的詩人。當然，在這15位詩人中，也有少數出過詩集，但仍有令人興奮的新作可以期待產生相當影響的。即便如此，第二輯仍割捨了多位本來應當入選的傑出詩人，留待日後推出。願《中國當代詩典》中傳來的特異聲音為台灣當代詩壇帶來新的快感或痛感。

目次

下部

上部

燕子飛

我們六月的光線累得蜷縮。
下午四點才舒展地打開。
這一陣有水上的涼風，
行至垂柳，
為聽到你一引便出的笑聲，
讓我拿你說句笑話。

這時與柳枝構圖的是一張禿頂，
用鵝黃色淡抹一筆，
便將成為乳燕的肚脯。
難得看清一次你，夏季。
空氣中不再是醃菜大蒜的氣味，
在家裡他們還保留著老家的習俗。

1995年

北方二題

1・胡椒

一個想法讓我留意
好像一場雪暴（過後
天空明淨高遠）
使得所有的鬆弛物
都灌鑄般確立

像礫石一樣瘠瘦
它的葉片革質　形式日益簡化
它的線形葉沿著枝幹流動
就像胡椒

我想到的就是
這種植物的習性
以其皮刺和撒滿腺點的
暗紅色椒粒（儲藏著含混
的汁味）織成紋樣

排列在乾燥的畦壟上
或在鐵路兩旁坡地上臨空生長

火車穿過的地方
投下它搖曳的暗影

2・胡荽

西北的根性已磨滅了，
正如你形態上的縮減。
真主在一起，使你
散發出嗆人的香味，
隨地帶來遙遠的召喚。

在這大吃牛羊的地方
人們──因為──除了固執和煩悶外
也需要靜態的一刻。
你是聖餐中性味的出處，
是真主的精神施展的涼蔭。

廣及中亞和北亞，
你是綠色中最富釉彩的一種。
荒漠和曠野將精神
寄居於刺棘的那種綠。
每個人的手指都被染上了。

我見過北京花鄉的花圃。
那生長作物的良田中
如今是金盞菊萬頭攢動。
它們和你一樣
都在功用上完成了表現。

1994年

**池
塘**

沉甸甸的田地在田頭地尾露出閒情，
一個細部可以數出十幾樣野草。
中間隨處可能發生病變，生出
幾排從未修剪的楊樹，秋天樹葉和
乾硬的小枝條一齊落下，淤塞了下面的幾排
水溝。何時挖掘，為何廢棄都不可考，岸上
長的也是雜糧。

這地方遭到孩子們的破壞。盤根錯節
的水被踩成滑膩的粉末。逮出不計其數的
泥鰍。一條翻出白色身板的鯉魚讓
整個一個上午的肅殺秋意繃得更為僵硬，就像
重重著裝的季節裡窺到了皮肉。

夏季末油汪汪地擁著
黑沉沉破敗的牆垣、房舍，長勢緩慢
得像死去一樣的槐樹、楸樹。
泥濘中踩出密如魚鱗的腳窩。

「蓬蓬遠春」。直指惠崇，張志和們的初衷。
終生的認識能量用來堅守這方寸之地，
在那裡它意境的規模幾乎與實景一般大小。

元代人：將春景換為夏景，向塘內
延伸一些岬地，用筆向上翻旋出根根青草，
保持緊張的弧度，彷彿要把什麼噴射。

1996年

圓明園

初春的熱浪湧入小巷。
圓明園行政村在園林西北
繼續規化住戶。村民有以
繁殖豬苗為業，在一個
乾湖四周建起磚泥小屋，
屋旁堆滿粗壯的樹枝。

村莊四周，昔日園林面貌
依稀可辨。
講究的造園山丘已經走形，
槐樹林如蓬亂的毛髮。
傍晚，黃沙滿目，黑松崗上，
驢拴在那裡，紋絲不動。

目睹此景，究其原因，我知道
是因為小河延伸至此
已全部乾涸。河床被填，
而鑲著圖案的石子路依舊完整，
單孔石橋兀然坐在地上，
勾勒出小河當年的走向。

啊，多麼讓人不解的事情。就好像
這裡遍布著甲魚洞，或生著一種
春季長成的歷史植物，
引來許多市民到此終日搜索，
它才被順便認出，就像
揀到一堆院畫中的瘦金的筆劃。

1994年

景山

啊，這就是宮苑。一眼
便可看見王朝吊死其上的
那棵戴銘牌的槐樹。
一個重大事件的儀式
顯得淺顯，一個
大名勝甩掉的尾巴。

意外的是那裡的星期日
合唱團。一夥中老年居民
依山石參差站立。兩支
手風琴托起來的歌聲
齊整，飽滿，肅穆得
彷彿面臨一個緊急事件。

他們的身姿有力，形成了
漠視外界的團結群體。
駐足者疊加著圍觀者
圍觀，發愣者發愣。
幾曲過後才開始鬆懈：
那是老年人在清洗腔腸肺腑。

一個拉長的啊式抒情句
將情感向上推送，又拾
假山北麓的臺階地形而上。
多麼神氣，那些
清一色的前三十年歌曲，
將他們的嘴巴由圓撐橢。

祖國的藍天。啊，大別山。
北京啊，北京。
分明還在懷念一個時代，肯定
要死亡，與他們同處
退休回味的階段。
我們推出這善感的評論。

繞山幾圈，不懈地推動分針
轉動兩圈，隱隱
轟擊著山的背後和我們的腦後，當
我們坐到皇帝午睡的
椒房對面，門口模擬一片可喜的
高粱，矮稈葵花。

1998年

林中小憩

這片樹林只有幾歲
乾淨的場地　還未發育出
依附於它的林間生態
地上只有草本

草　沿著一個坡度
遞增它的坡度
越向遠處　越接近樹冠
近乎奇蹟　彷彿稀薄的陰影
已夠我們啜飲

就像大地的幾句零星話語
顯得珍貴
大地總算能把晦暗的情懷
有所表現
大地一直表現到植物的頂端
使其遵循各自的花態和葉序

我聽說有一種麥雞
肩腰上是墨綠色羽毛
閃耀著紫銅色的光澤

那也算是蛋殼中的秘密

爬到了表現的枝端末節

夏天形成這麼多事物

我們表現出了極端

一個休息夠了　想走

一個傷感點　想在此長眠

另兩個清淡地閒談

每句話聽起來都令人驚愕

1995年

順手指到長卷的某一局部

我把這塊地向朋友推薦。
天黑前還有時間，
徑直把他帶到這裡。
它的邊界我依稀確知，
這次來，粗暴地壘上了一圈圍牆。
野麥勢力壯，滅淨了異己，
在雪地上密植出好幾畝。

有一座墳墓，
或許不該隨口說出這一發現。
他果然煞有介事，
撥開刺去讀墓碑。

你可以想像腳下有多麼
潮濕，腐爛，骯髒。
雪只能強忍著，掩埋著落葉
和各種令人沮喪的坑坑窪窪。
幸好結冰使一切可涉，
可以讓我們胡亂爬上公路。

他果然又受了感染。
今天我的心思沉不下來，

覺得不如完全浮起。

這條大道照舊乾淨，安靜，

道邊樹也雄偉，盡頭也含著煙。

我止不住要談別的景象，

其間也有了其它提議。

2001年

狗年卦語

七月，屬豬的人運勢如
日中天，一切陰雲皆散。
在此民俗和大眾青春文化
狂歡的月份，
我的生活能力大大提高。
因此已不適應月光下
南方倒錐似的懸崖，
和它腳底陡峭的潭水。
也不適應那太顯眼的明月，
你怎麼也無法不把它看到。
那無人的夜晚，
打濕的豬籠草和刺梨，
大路上卻一片光亮。
後來，月亮從懸崖的轉彎處
顯出它心靈一樣的
一段缺口，我
才明白了荒原狼的典故
和它的對月嗥叫，
引起霎那間情感的湧現──
這一月，未婚的男女會遇到它傾心的異性，
一條潭水中的美女蛙，

戀人的妹妹。

這將是本月心靈上唯一的陰影。

1994年

冬天園中

請我們撥去眼翳，
有時在院子中站立
產生了矗立山尖的感覺。

密宗占領制高點統攝，儀仗中
裝飾著灰白的獸毛長緄。
它可以
只看到全幅的屋宇瓦紋，
檐翼下的遊人可以
粗略計為靜止。

或者是大片不能蕩舟的水域
乾淨得顯出隔絕力量。
混淆的整理的
心境都接受
這個定局將其占有銷毀。

它只讓在垂柳枝條的漫長
靜止中解放，
在打開的冷氣中甦醒。
落在淡墨樹冠上的

蛋糕般的紅日
所給的界限。

從鼻端，
我們看到冬衣隆起
將我們安全掩埋。
長椅上的生涯可以一直讓人臉上初顯皺紋。

1997年

在湖前

這種接近太容易。
日暮時進園。
它的美紋絲不動。
邊緣上人們漠然。
樹蔭融入晦冥。
遊興就要落在山裡。

這裸體被天天翻看。
誰會留意那些欄杆呢？
怎麼會扶著它，跨上它，
一支歌教一句學一句，
直到嗓音中的興奮塌陷，
模仿的水準下降？
隔著欄杆

我們今天以另一種姿勢來愛。
你睡著，又感覺到
愛人在另一間屋裡幹她的事。
竟然會這樣，
對她來說真是一種進步。

它被盛在這兒晃蕩，

拍打，無聲地

在耳際放大。

有足夠的時間可在

思想中將齒縫剔淨。

目光不能企及那細緻的渺遠。

划船者，曾不讓一寸水面

超載，荒廢。

我們也愛柳枝的前景。

「白雨跳珠」中的那種

白，躲在後面，一大片，

湧來險峻的氣象。

1998年

天壇午後

低矮的松林。鏽草
模擬出原野。
陽光、藍天降臨一處，
如此充足。
灰鵲平躺在空中，
像一架十字，細細地體驗。
它因人的注意更覺得
自己清靜，發出
勉強稱得上鳴叫的卡卡聲。
臨近、遠去了一個家庭。
母親說她已老踏實眼了，
女兒反擊說她還小得踏實眼著呢。
懶散的依靠也踏實眼了，
連同儘管每個人對它的那種習慣。

1999年

春日

值此花紅柳綠，
日光慘白，風塵略定。
畢竟好日子藏在一隅，
只在幾個缺口滲入樓影。

行步在立柳堤道，
我張開胸膛。
柳枝斜掃時凝住了，
乘著同一種失重的力量。

燦爛的花樹，
惹人埋入臉龐。咔嚓，
不屈服強烈照射，
讓倦目如洗如濯般睜大。

指點又讚嘆，用語
不是太輕就是太平。
每一茬柳葉荻芽都如初，
心境卻像漂白了般空濛。

黃花紫花稀疏鋪地，
稍成一片便想占有。

湖水色沉，仍告訴說，
與太多的東西聯繫太久。

2003年

半日閒

白金的草莖，渦旋狀倒伏。
暖和的陽光療養著眼睛。
大腦散去積累沈鬱，
深睡後它更緊了。

我不僅想吃晴春的青草，
也想吃暖冬的乾草。
日日坐在屏前，再走一會兒路，
已夠得上生活問題的全部。

我們曾坐在刺玫灌叢邊，
那是以往的難忘情景。
悶熱之中跳躍著紅色，
舉目不見過路人。

說的話最是胡扯，
又平又闊，像渠邊的荒地。
耳朵銷磨得最不經意，
雖然時時豎立在讀貼年代。

2002年

在碧雲寺的最高點

名寺把後院像尾巴一樣
翹到天上。
山風滌洗著石牆，
觸摸得到細砂的窟窿眼。

我克服了偶像障礙，
滿心喜歡塔林中的人物。
男子們凝入懸掛的相框，
配著異教的淺浮雕藤蔓。

下眺是一個恍然，
原來是屋頂摩娑的碧雲。
針葉也肥大，熏香撐開，
強勁得難以降塵。

想到幾百年前它還要新，
四周也更統一。
兩道山脊線無遮無攔，
往下滑走都只用了一筆。

2002年

思戀者之歌

陌生人站立著採摘枯山。小棗
晾成了棗乾，要在春暖時落蒂。
這群孩子在遠處一轉身沒影了，
愉快轉移到某個必定存在的場所。

緊急的河彎破壞了四周。
草形不成群落，泥石堆起
漫長的波浪。即使能倚著碎崖取景，
河水啊，把一切重新漫得平整順暢些呀。

2001年

上苑落日

踏著荒草，那倒伏的莽林，
我們做系列尋找。
不用費力，景色
便可抵消美色。
搶了第一眼，水邊的數桿白楊
用鴿群又鎦了一層銀。
太奢侈了，繞到背後，
將我們幾個多事的身影
穿插進那猙獰的炭黑。

冬天的駝色山多耐心啊。
對峙中，用一根鐵路橋溝通，
還在乾澀地洩出水來。
是它們引發了複雜面貌，
大小角落裡全是樂園。

那邊有一坳果樹。
這邊是個大凍湖。
在那邊，我們恨不能將
每一個被野麥封死的壕溝，
和每一段被廢棄的雙排林蔭
剝開了描寫。

這邊，美得多麼無奇，
就像日本人常照的那種。
紅光一直從低天淌到跟前，
（那時地平線多昏迷啊）
把這些四十無成的人
一次次摔翻在冰上。

1999年

節日

晴春把亮度調高一倍。

社區文化的造園一望無際。

快沒了簡陋的角落，

那麼多鮮艷的膚色，

孩子們清一色會穿，無畏，

帶頭在頭頂擊掌。

我也不怕自己的腰圍，

和肩背的吃力，

在敏銳的位置逗留，

眼睛止不住流離。

慢慢地思想鬆懈下來，

加入躺在草坪上的倦人。

為了趕夜場，熬到

涼絲絲的晚霞

迎來舞臺燈打亮。

感謝那起句奇高的新曲風，

一掃二十年認識型上的愁悶，

配合那嗆人的乾冰，

讓我晃動著起舞了。

2004年

露天演出

也許是我太有興致了，
因此感到沒有氣力了。
我確實在求能被去掉的就被去掉，
其實這類要求也懶得有了。

六七八個人，在一個民樂小樂隊上，
讓我找到了最初的渴慕。
弦樂管樂也許是根源，
但我覺得小鼓才是這種形式的靈魂，
勾出了它事務性中的情感色彩。

清一色的北京本地演員，
真是合適的人選。
散架的表情，
穿不出風度的服裝。
或許是正午偏後的光線所致，
或上慣了一膝高的舞臺。

那表演似還未脫離內幕。
幸好是專業水平，這一點同樣重要。
就在這個不易達到，也
不易停留的度上，

女高音的頌歌不再膩耳，
素裹的舞蹈肉感得撼目，
扮演出的笑容如此撩人。
訓練有素又這樣平常不過，
屋角閃露的園柳把人們俯視得
如同剪紙和木刻。

1999年

海邊

小女孩會自顧長出快樂的性格，
這是她們家沉悶大人的奇蹟。
大人保持著大人性，
公共領域的快樂，共同經驗，
在這裡只嫌娛樂生活沒將我們
充分塑造，喚醒，
一旦置身場景還要情不自禁，
吃掉一大桌石子貝殼，
撈那冰涼的白湯水。
最後一批人聚集正午海濱大道，
陽光和風催動汽車匆忙來往。
全由遊人組成的小城暴露在無雲的天氣
最可怕，
一點點肩背之痛都會放大到風景中。
隨便揀一塊沙灘，一海岸的銀光，
怎麼參與？坐看一刻鐘，
不約而同都不出聲了。
輕浪啊，海不知疲倦地發力，
凹面，棱角，胡亂使用醉意的鐵腕筆觸，
跌入巨幅波谷，尖叫著

迎接浪頭，

大海啊，黃玉。

2003年

江城

超級膚色的城市。
上天多愁，再生就你一個貧窮。
派四周山峰合攏，
雲雨每日光顧藏式窗。
一代女性的前景
在街上看不出。

如果她們過早地遭受厄運，
也不會下到劈城而過的江邊。
欄杆邊的藤椅茶攤
留不住人。
準時欲來的暮雨
催得橋頭心慌意亂。

我下到那僵硬的灘岩上，
江水落得很低，
捲來腥味。
可它已不失渾白本色，
越淺越急，稍不平穩，
就疊出大浪花。
或許我身邊缺一個人，
這茫然的音調留不住我。

在它的轟鳴中，
我的意識總是被推向山頂，
陰雲，客房，夜半，
那不能統治自己的地方。

2003年

晴雪

雪連著下，
像酒連飲是不能解憂的。
縱然片片紛飛時意態濃濃，
停下又醒得太浸骨了。

一夜間小路由白玉砌成，
樹木全部炭化。
交通警示牌立在遠處，
大路甩出拐彎的轍線。

上班途中我被全部喚起。
無論如何，
直到騎車進入小巷，
它的壞底子全裝飾起來了。

我沒走出過這樣的中午，
也沒感到過這樣內在的迴盪。
陰面的冰冷也如灼，
陽面更把牆角路沿消融。

太陽模模糊糊似要照透，
再浮出屋頂密密的樹梢。

日光驟亮托起胸中遠大，
又一街爛糟糟的雪泥。

2002年

夏日

那些村莊騎路發展，
快進入三十年前的日本，
雖然還站著一些大爺。
敞開的農院細石鋪地，
配著玻璃客房，造型樹。
隔路玉米地套著菜地，
擠到路沿，再栽一排向日葵
神來幾筆。

陽光太容易暴露秘密。
熱浪淤塞了精神。
落地客初覺騰雲駕霧，
旋即被浮思束縛。
空有遠山雜樹濃翠，揮之
不去小戶創業者的得失，摸得著的
只有那特別狗樣、一點
沒變狗樣的小狗的鼻子。

2006年

冬日夜晚院中小立

我挺胸，昂頭望天。
月亮確實存在，
清輝擊落塵煙。

拆去了藤蔓，院子
廓清。溫和的
可能成了尖銳的手感。

它那些屋脊，將完整的
隨意截斷。著葉牢固的小樹冠
疊加在大樹冠的前面。

油氈屋頂邊上，
以下山虎的身姿，
小貓直楞楞與我對看。

小傢伙！只三個月，
一輩子的東西就已學會，
也闖過了人情的凶險。

因為我們怕在它那兒
墮落，受到各種
對立思想的批判。

我們下決心將它遺棄，
才發現
已陷入愛情式兩難。

一次次回家，貓兒纏足，
或與同胞在自行車輪前
兩驂如舞。

難忍飢餓，不住叫喚，
以這種方式將它們
可有可無的小生命顯現。

現在的地位已經安全。
可以有帶魚醬一日兩餐，
洗個澡，電吹風催之不眠。

轉眼不見，躍上屋頂。

槐樹葉鋪地，

兔子眼滿院。

1998年

冬春之交的節日

這樣的時刻對我來說鮮明無比，
正是溫暖的
刺不透雲層的感覺，在
一排村莊後形成大塊空白。
人煙被包裹著活動，不管怎樣
沒有波及溫暖與空白中的白色。

相比以往，我感到獲得了
一種更為有益的心境。迎面而來
的東西都不想強加給我印象。
順應著它放鬆到最後的程度，
彷彿就能夠
將我們不懈尋求的真相
凸顯出來。奔馳在
遠處高速路上的零星
幾輛汽車使事情更加明瞭，到這時

眼前正像是道出了
我們身上已生出的那種
空曠得令人眼花與氣悶的東西。
什麼話語或不語都觸及不到，因為
打撈不出事物，或者無法取捨，

焦聚一處
也無法稍微看透一些，
它們並不僅僅是水渚和枯草皮。

而且因為那些
滲出鹽霜的灘地，汛期留下的
膠皮鞋底，鳥媒子般的白色污染，
雖然漫無涯期，
卻相對我們短暫，只因我們知道要離去。
再次光臨已像不停息地
漂浮擴散的生活回到
某一完全相同的昔日情境一樣不可能，難道

我們能到這裡還不夠虛幻？
誰不覺得每次離開固定的生活，每
走出一步之遙到達的
任何一個陌生的地方，都讓人感到像受了鬼使神差？
那兒沒有遊客們常被吸引過去的
色情般忘我的東西，相映之下的只有
漫不經心卻紋絲不動的風景中
你的孤零零滯澀的身影。

也許這就是此刻的意義，
就像它告訴我
我的某種缺陷是無功能的。我的
期望與懷疑在一步步升級中互相開始削弱，
一直可以把我置身到曆法文明
還未形成時的一天，
樹立在身後已爬到半坡的
基本理性化了的生活之上。

這時它如此適合這種既無
特殊興趣，又不覺得厭倦的漫步，
將一直走到被障礙和盡頭
擋住去路，一直到
消除了節日間的厭食，甚至
覷覰高崖的對岸。
後來玩了玩沙子，揀到幾塊
亨利・摩爾式的渾圓卵石，
將放進小小花畦，要帶回家
沒有工具，超過
手的容量和我們的體力。

1998年

秋天

色彩的美讓什麼眼睛
都無暇顧忌。環湖的樹木拼鑲出
細緻斑斕的圖案，適合為
不同姿色的心靈裁剪衣裙。
吸引了許多人
早早結束午睡，來此閒坐。

一名名畫家，這些潛伏在茅草叢中的
一成不變的文化論者。野兔一樣緊張的身姿。
遠景中通紅的日頭。漸漸的
滑落，引起的近景的變化。
色彩在草木茸毛上的燃燒。

多麼真切。背光一帶，
休眠的果園裡無以久留。
它讓人想起目光被斗室溺壞的日子。
敏感的心靈
時不時糾纏在炭黑的樹木
不斷構成的枝枒上，
欲把古畫畫譜中的樹幹當成蘋果木。

當我拖著一身暗影經過，

你，這熟悉的女性季節，我表示好感。

你的狀態不高，魅力需從遠處感受，

在近處只能從有限的角度

感受──這時總是美得傷人，

陰得像高空中桔紅色的雲朵──

當你慢慢地開口，慢慢地發笑，

我的內心陣陣發冷。

原來你盛年過後的成熟把我排斥。

緊張的氣氛催我儘早道別。

我翻身跳上一輛巨型自行車，

被它一觸即發的巨大速度掀得抖動。

我要盡趕回去，

想一想幾十年巍然不動的下午對我的損害。

一些其它的損害

也伴隨著巍然不動地存在。

1995年

使用郵政業務的人

在南方，你曾有過
與一小塊色彩四處沾染的背景
共存的時刻。
我能在照片上感到陽光的涼意。
完好無損的視力屏著息
想潛入眼前那層明亮。

就是她。胳膊白裡透紅，
像雞蛋皮。尚不知下一個動作，
看不出那次夜間匆匆的趕路。
離開此地密如席紋的燈火，在歸途中
剛剛放鬆，正好趕上年齡
給一個人的胃第一次製造壓力。

在北方，我感到你們一個省的人
在青黃桔紅的山林中出沒。
這樣的事我已無心嚮往，它
驅不散一段黃金街面湧動的陰霾，
長不出五官的人們引爆一個個雲紋氣團。

我穿街走巷，想到將此時的狀態
加以打量。臨近一座摩天賓館，

四周奢侈的空地讓我聽到了自己的聲音。
你的時間是停滯的，就像
人們每在山路邊建起一座石屋，
又將它廢棄，完成了一次無匠心的
對時間的憑弔。在一個落滿松針的山脊上，
我們渡過了一個停滯的夏日中午。

郵政大樓將它門前的實景
微縮成牆上的灰銅浮雕。
也許在後面相機連續捲帶，
發出嘶嘶聲。我灌滿了整條街。
最後墜入門中，那日復一日的房間的深井。

1996年

生活啊，走出來之容易

生活啊，走出來之容易，
達到了這樣的程度。
火車將你拉出混亂的夜晚，
開闢出的讓你跟也跟不上。

另一端它已投入一連串黎明，
逐漸顯影異地的圖像。
乘著這種甦醒的速度，
很久前的記憶已近在咫尺。

六點鐘，你打量著那些
重新活躍起來的臉孔，口音，
風度，也許要跟想像一樣
在到達時被真相粉碎。

再過半小時，窗外露出魚肚，
這才迫使你抓緊思索。
哪怕連早起的人也沒有
走在路上，白霧繼夜色擦掉一切。

對此我保持適度的認識，
現在只讓自己最後放縱一下。

這近海之地受到了一些浮力，
托起鬱樹茂草水汽般上升。

看到它的只有我一個人。
乾渴，枯燥，沉重，一連
站立一小時，在乘降臺上，
直到跟房屋一起被旭日漆紅。

1998年

畫中的山

上半世紀，一個女人

置身色彩幼稚的山林，

引起人們說不出來的感覺。

今天，她每逢出門必要精心打扮，

三色過渡的眼影，腮紅，捲翹的睫毛。

最主要的，是這進入三九的暖冬

使她的臉蛋冰涼又紅艷。

我們這山多淺啊，

遮不住她小風衣雅正的白色。

那些木本草剛好過膝，

使得穿行倍感糾纏繁重。

這麼空的山。

中間容易到達的山頭安穩而寂寞。

懷抱著它，猶如巨獸，

起伏的厚膘上

往下成功地長出人工林。

今天這北方的崇山峻嶺更崇峻了，

因為我們是幾架山中

足跡僅至的幾個遊人。

另外的人從最高峰上飄落，
作無人仰望的滑翔。

本來我喜歡她熱衷的這種交往，
以及我自己身上發生的轉變。
可旅遊淡季催人的落日，
卻把一場可以沒有盡頭的愛
要送回那枯燥的城郊
下一步將到達的危機中。

濱水大道幽靜得像條小徑，
路邊觸落槐樹的籽莢。
愛的開端時的感覺，
出現在它無法保證不停止的時候。
我們心生隱惻，卻不能保證不再無情。
柔和的山曾使她那樣生硬，
雄偉的山又使她那麼易逝。

1998年

十年

成立的生活有什麼可樂？
知命的力量也無補虛弱。
何需埋頭如此似是的問題，
新潮、舊事，都可以翻臉不悅。

最不堪是一日走出去，車一動起來，
你一靜下啊，就愁見暮色。
十年前走不完漫長的碭山梨園，
如今娘子關前，山危數石可垛。

只有豫西山地依然必經，
土生土長在這冷漠地帶。
被枯草熏黑，一度的熱情
受到無情的答覆。

你被兩頭隔離了，你
沉醉分身的樂趣，竟至不覺。
一路不論穿過怎樣的盛景，
看到的還是那些孤挺樹、獨行人。

你一個人，比以前一個人更為嚴重，
徒增的記憶塌陷了內心。

那時你卑微得如要泯滅，

現在又笨又重，是要跌落。

2003年

模擬的記憶

那些夕陽模糊的夏日傍晚
將我理出來，定格在
路人深深自責的目光裡。
就我的資質，怎麼都算不上瘋狂，
可什麼也沒有發生，這
也並不是非常難以忍受。

我屈從了誰的召喚，他
還是遠遠趕過去時的漫長時光，
如果那是一種享受？小矮山
向外伸出一個鼻梁，引起
公路急劇轉彎，
一下子辨不清了正東與正西。

也許他們就是一體，可又像
只是互相熟悉而已。
老林子裡，稀爛的漿果弄髒了
路面。翻到陽坡，
短小的人工林猶如一大片木椿。
他僅用文字做過拘謹的觀察。

在一切事情上都順利，又脆弱，
這已很了不起。話說回來，
我也不敢把自己看成
感受力很強的那種類型，
雖然表面看上去完全吻合。

這種不求甚解的恬靜
才恬靜。滿目柳樹
沒有那麼高深純粹。
桃園撲向遠方懷揣喜慶。
我們臉上的激情
明滅不定地熟悉，在
老交情向浪漫轉化之際。

1998年

新生活的女性

參照了各式眼光，生活推出了
僵屍、贗品般的美人，卻讓她
從後臺溜走，流落到我們身旁。

這一問題的來勢無法阻擋。
彷彿在有的日子，一大早，樹木
把影子四處塗抹，青灰的天色
鋪天蓋地，推動你
穿過一條略為明亮的忙亂的小道。
空中不降塵，在以往
這會讓整個大樓一直沉睡到午後。

交談中，她表示對你言語變得莽撞
並無惡意，但並不意味你對自己沒有惡意。
我還知道，她時刻迷戀下一步的事，
結果給皮膚安上了一層茶褐色，
濾去了光亮。她每走一步都是不祥的事，
這些傢伙的心常被搞得砰砰直跳。

她輕巧地擲來一個含義：李白
真正解風情，杜甫只不過
把這個主題附和⋯⋯

如此徹底，卻不可笑。

現在能做的只是迴避，卻未加思量，

彷彿有一種愛的功力可以繼續修煉。

在這兒我們似乎傍晚才真正醒來。

足不出戶，看到的天空不是天空，樹也不是樹。

每一個記憶就像移步換景到一個極易逝的角度：

看到晚霞鑲著鮮艷的黑邊，

地上鮮艷的六月花猶如它的投影。

你夾在這一幕中反應劇烈。

每次回家，第一件事就是脫光衣服，把睡衣換上……

這樣緊緊收斂的身體，臉上

散發著一個詞牌中裝載的痛切風情。

1996年

憶舊隨想

1935年甘肅的一個莊院。過境的隊伍
帶來了戰火、流血。震裂了
形式與本質一樣本質的地誌學的景觀。
給打麥場留下彈坑，
把結滿黑苔的椽紋牆熏得更黑。
讓多年來的這個唯一的黎明
沒有接上後半夜天籟般的深夢。
圍攻者向土圍子發射炮彈，
催促被圍困的南方人趕快突圍。
路口燃起熊熊大火，
機槍對準火焰橫掃。

每一個南方戰士，記得清狂奔時
腳下的每一條車轍，裡面的泥水。
在這之前的一天，他們藏身一個土堡，
從一個小穴孔看到歪斜的天空，
交彙的坡線，一群當地士兵
排成稀稀拉拉一列縱隊經過，
嚇壞了坡地上的牛羊和民歌。

每一個突圍出來的戰士，如果重新
彙入被打散的隊伍，

剛才的戰鬥就不只是一場噩夢。
他的身後還有一百場戰鬥。
隊伍行走不遠，突然地斷路絕。
一個大峽谷披著晨紗薄霧，
座座村莊就像在水底搖曳飄蕩，
蒼黑的槐樹溶解敷上色彩，
他們就像降臨一個天井。

每年正月，我們向北穿過由山東而來
向偏西北擺動的那條著名的蘋果帶，
爬到山谷前的最高點上，大汗淋漓：
這是哪一條已沉入地底的河流的舊巢？
我們能看到對面山坡上姨婆家的黑色大門，
許多層架板上的一隻黑罐。
陽光溫熱地撫摩著那未鑿的土、塑造的土，
十點鐘後對準這寧靜開始鋒利。
雞又跑又叫，親戚到。

1996年

陝北的山曲——給海德趙曉力

河套一帶一個夏季的院落，
被一個雛型期的學者搜集並帶走。
在得出一個理論粗樣之前，
院子裡的人早已散盡（以後將
散得屍骨全無。看來我們已習慣
將越遙遠的事物想像得越倥傯）。

另一個院落無遮無攔，原野
在它面前隆起，上面印有一條
需耗費半小時的小路。
這兒遼闊得已出現戴豆豉色氈帽的蒙古牧民，
他對誇張的演唱風格覺得難為情，
這是認識走樣的又一個證明。

其它隨便一張臉孔都符合印象和記憶。
這樣毫釐不爽，呈現出學術一次次被刷新時的
令人振奮的精度。
精確到這種程度，越是無名的人
才越顯得靈魂動人。
房屋的檐面和院中的蔓藤
也盡顯自己栩栩如生的細部。

彷彿人們無需自己便可完成娛樂，
藝術最濃烈的用情也最需程序。
三根弦來回使用，
演奏者像沉睡不像陶醉。
我們怎能認為這些人會被
這熱鬧非凡的場面擾亂，
就像我們衰弱得動輒就被攪渾那樣。

一個從山溝裡走上來的老人（兩邊的山坡
已淹到他的下頷）仰起臉，
送給狹路避讓的你一個夢寐以求的理論依據：
在同一個地方不存在另外一種生活，
比如充斥唱辭的由民間邊緣人描述的那種生活。
他們用有力的喉嚨，健壯的腦門，
無降落地在最高音上運行，
也不認為這是一種分裂出另一個世界的聲音。

1997年

喀什噶爾的學者

1·

遠走千里之外，仍然只有
個人問題會使人變成浪子。
冬夜歸來，他們一連喝下幾杯開水，
腳掌的暖意迅速升湧起顫抖。

在桌子前，這種暖意是那麼甘美。
他們研究人類學，很快弄清了
自己的民族性中原來有一個冰核，
一直沒有融化，否則只是異族風情。

研究歷史，土庫曼人和帖克人長年
在邊境線上打家劫舍，這些典籍
產生了啟發，叫人想起家鄉
小鎮上臨街賣炒貨的人。

而在婚禮期間，楊樹的葉子已經落盡，
古老的人們搶著鋪設一條石子路。
參軍的人在鐵道兵種受到提拔，
學子們則體質單薄，那冰核開始

不斷地發癢，但最終克制住了
來自夜晚的狂亂的刺激。
研究他們自己，桌子上擺的
全是關於自我珍重和自戀的書。

1993年

2．

今夜繼續研究。從外面歸來，
他感到煎茶已不能把自己安慰，
於是蹲下來，在一只杯口大的電爐上
烤起饅頭片。

「我就像是搖旗吶喊的夜襲者中的
一位懵懵懂懂的少年。
在睡意中永遠離開了安逸的生活，
那堪留戀的史前教育。」

當全世界的文化大潮衰退之際，
重新揀起可汗們的宮廷音樂。

伊卜拉欣汗拿自己的身份開足了玩笑，
他好像在街角尾隨過一個少女。

「小姑娘，請不要害怕。
看看本王清白無辜的眼神。
我是那曾經爬過樹的少年，
你也像斑鳩一樣快活而無罪。」

在烏茲別克斯坦，地圖上，
沿河注滿一望無垠的沙漠圖例。
阿姆河的擺動甩不掉它的名字，
依舊是逐它而生的小啼鳥的墳墓。

1993年

3．

新疆楊，筒狀樹冠，峻秀。
成排地在雨後的湖邊搖曳。
今夜他們靜聽風吹，
用傾聽來辨認半空的鋸齒葉緣。

「多年來，我對自己是白天曠野上的要求，

現在卻陶醉得不堪夜色。

我愛你身後的那簇丁香，

看我能不能在上面找朵五瓣的。」

然後讓我們在經文學校外的果園裡相會，

或讓我在井臺欄杆邊把你碰見。

儘管，西部邊疆的路途是那麼遙遠，

「多麼殘酷，請你不要再來把我誘惑。」

喀什噶爾的學者定期翻閱《民族畫報》，

經常看一看本族的識辨頭像。

然後是一雙豐滿的紅色高筒靴，

急管繁弦帶出的貼近地面的舞蹈。

「啊，康巴爾汗，眼睛善於乜斜的姑娘。

今晚我們的想法又是一模一樣。

不過我千萬不要講出來，

顯得好像我老在把你附和。」

1994年

晨曲

當光亮還有灰度，
氣溫也才漲到腳跟，
鴿群在樓群間無聲，
而布穀鳥有聲無蹤，
我彙入自行車大軍，
歌唱壓低了些，
風啊，運行中拓出豁亮的一天。

我回想起一些事。
一名女青工愛上了知識分子。
一位少婦挽救了窩囊廢。
一代AV女星延宕了盲動。
一組私生活動態又在造血。
半個世紀的暴風雨天氣，
都在迅疾地滑動中靜靜成形。

少女們平板的剪影，內心緊繃繃。
少婦髮型衣領蓬鬆，還蓄有水的眼睛
都把反光散失在混濁和影子裡。

當我跟她們碰面，
在大都市，我就把它想像到小城，

在小城就被想像到大企業。

在那裡下班後走出大門，

大街都是寬敞的。

順街擺了那麼長的花，

還是盆花，是給誰看的啊。

一溜煙功夫，

自行車就能把你投入室內。

2003年

仿一首迪斯科

遊韓數日。既歸，友人談論間問曰：
「如何，韓國女的？」
乃以此為題有所吟。

我愛將希望埋葬，儘管它生生不息。
愛將內心填平，它總反應出深度。
不巧言就不令色吧，直到最後一刻，
堅持沒有放棄放棄的姿態。

很簡單，一筆勾銷。
誰叫你一開始就來自泱泱大國，
又習慣了享受它最大的不當。
全部的潛意識
要全部出場，
在這小小的漢城之夜。

釜山，慶州，濟州，莫不如此。
好在我早已明確
這時候最不適合作自己的個人了。

它的燈火，沉默地編織在高窗外。
清早，曙紅的天色浸透寒意。

我只使用了這中高檔生活
最原始的功用。
越過最後一分鐘免稅店之前，
它們一直將我懸浮在空中。

最優美的最優美。
最無味的最無味。
最遙遠的最遙遠。
最現場的最現場。
最不該多思的最不該多思。
最可分析的最可分析。

你的容貌可堪疑點，
腔調中有雙乳的軟度。
你steal my heart，
過不了幾天它還會回來。
漠漠雨絲擦亮街燈，
山城巷道上攀下墜。
天亮之時天氣放晴，
農舍如廟旁邊停著汽車。
廣闊半島山巒起伏，
無法同時看到兩邊的海岸。

人們紛紛走出森林，
沿著山腳線密密地定居。
道路纏繞著山腰，生活
流通，心情波動。
秘密陷入深淵，浪漫
結成硬殼。起飛著，
一切接受學者濃縮。

2001年

輕佻的觀察

欲望早該能忍受得住停止了。

他們有過活潑的青春，
以後是七八個闖蕩的年頭。
回鄉後嘗試過各種行業，
寫得一手敏捷的策劃，
苦苦等待資金到位，
其間過著靠天養人的生活。

建立起龐大的傳呼通訊。
相互服務，
可以整年不掙錢
仍過得不錯。
我見他們喝過整個一個正月的滿天酒，
開春後又將炒鍋支向鄉村養殖場，
露天展露烹調跑堂的本事。

相形於歲月留下來的老友，
這個時候浪漫已是低級形態。
有一個花五千元買下一輛標緻。
日夜保養，天天邀人，
開到郊縣，把一個無名山頭反覆登臨。

勃起的鏡頭探向日暮時水庫的點點寒鴉，

年底了便找一個教堂去參加合唱。

市場進入買方時代後，

遍地是工作，是工作都離不開推銷。

我要多靠上幾份底薪，

率先步入救濟型社會。

牆上掛上羊角和面具，

名茶、茶具，飲不厭精。

呷到午夜後再擺上銅爵，衣櫃

給每個人都暢想一身寬鬆衣袍。

1999年

王不留行

我詠遍雜草

估計它們在陽溝中

靠常見的腐朽的力量拔節

而上　莖中翻湧著

血和乳汁

盛夏已畢　要麼像真菌

依附大地而生

使北方的崖坡和墓地

長滿疥癬

王不留行

一旦為先天性的盲點

考察到這樣一個

意義流落佚失的名字

我所有的歌唱便告成功

四月與麥一尺高

五月與麥二尺高

黑沉沉如同此間每一個早晨

裹著地氣欲出的紅日

沿著光嫩的莖桿挺拔到

枝頭，開出品紅色的壺形花

六月與麥一道成熟

黑色芥籽因此混入麥中

傳播不滅　可入食

撥開麥叢尋找它

卻暗窺著它脂粉般的甜味

詩意萌動的幼小心靈

早而強烈的

一段感應的激情

1995年

景象

酷暑當前　日照在加強
節氣正相應　田野不斷地
加快生長　遍地灼熱的欲望
蝕流
作物所有部位發育興奮
伴隨體表的大量潰瘍
濕淋淋的傷口
在陽光下析出鹽狀結晶
窪地一帶滾燙凝滯　稠密的蘆粟
遍體性徵質的膜粉
青色的甘甜已經濃郁

這樣　當雷暴群如期來臨
旋光和雨水擾亂不眠之夜
供應終於全面充足
水流漫過莖葉　葉舌交顫
影子昏暗而雜亂
叉腋隆起　顯示
時機來臨　詩人吶喊

讓子實在騷動下催放吧
回答這金色時令的無限生機

不要等待更富有成效的孕育

甚至不要為了堅硬而使子囊空癟

讓億萬的籽粒

在灌滿翠綠的漿液時

就被採摘

1990年

詠
紅
塵

天地發紅，蒙在傢俱上。
早上，風還清澈無形，
到了中午，我們的國家就像回到
顏料不發達的時代，罩上了
中國時間，影影綽綽，古色古香。
時間不只分成白天黑夜兩種顏色，還加上了醬色。
今天的紅砂細若液體，已處處充盈，
停止了流動。我們再毛茸茸的眼睛，也沒了雨刷，
再平整的牙床也塞滿肉屑，再
文明的鼻孔也需要舉動。壯哉，
紅塵，敷設天地，讓我們目睹了新的歷史氣象。
或許有人要呼喚傘以外的防天用具，
而我卻心動神馳，覺得實現了天人合一。
我想像你們來自一塊連綿不絕的紅岩，
本來我根本無緣去把你拜訪，現在你卻
整體巡遊到我們的天空，降落下來，
把我們整體邀入你這紅岩。
因為我們是個集體，所以我沒有恐懼，
紅軍就是這樣成群結隊才穿越了蠻荒。
我埋頭幹活間向窗外一看，
發現自己處在一個通紅的微暗的世界。

低頭間大小筆桿子已跳了出來，
宣揚起馬後炮的末世論。

2002年

山坡

人們映襯著它吃罷早飯

（啊，隨太陽一道降低血紅素）。

柴油機突突冒出黑煙。

沿著兩道上了釉般的車轍，

傳來遠方又餓又累的聲音。

街道好髒。寂靜的上午

彷彿被蜂音澆鑄封閉。

幾次晃動者的晃動，

無心對紋絲不動的遠景稍加注意。

所謂遠景，就是承受了過多撫摸，

無欲，不孕。只有它的小刺

隱藏在指甲大的肉葉中間，

細浪般的綠葉在感覺中塗滿。

不枯竭，又不擢秀。

兩張臉孔就像在電話的兩端

承受著身體

與話語間的分裂。

多麼聰明啊。既有大智，又有小聰明。

湧出白茅，一年收穫一次引火木。

裂開窀穸，將一代代居民盡數收去。

入夜後解除了視覺上的疲勞。

1996年

電視畫面

電視畫面強烈吸引我
辨認眼熟的地方。
紀錄片的用光使它的盛夏
淡得發白,從中心開始
一直禿到崖邊。

淺草的綠色確實
成了淡墨色。
午後時光
這片陰影表現靜謐涼夏。

這點景色看不盡,又來不及看。
攝影師看到的
溫馴的山,鬆弛的水
是某個冬天
給大腦帶來的熱度。

煙村(不是炊煙
和取暖的煙,人們是指
林杪)不設計而有小路系統,
引誘步行下坡的欲望。

老親戚門前栽種

幾十株洋薑，

帶洋字的東西都有的大塊頭。

這局部的蒼滋

想當花來觀賞。

1997年

村莊

秋冬季節裡，冰涼的暮靄
使行程和歸宿倍覺渴慕。
一個成年人愉快地回味著
對滿腦子記憶的熟悉，
不去管被擠到了現在的年齡。

他能用吃一根甜桿的時間
衡量剩下的路程，精通二者的刻度。
眼前是遺灑著玉米葉子的路面，
自行車的前輪將它向後捲去，
收割後的大地變成平穩跳動的河流。

我熟悉這些延綿不絕的千人大村，
一片片麥田將其框死。
離開時總是懈怠，不禁問，誰
□□□□，誰有這種癖好。
下一次，我抵達時，製造了自己致命的拜訪。

很快時間夷平了我拐彎抹角
在某一前院的駐足，主人大呼小叫的熱情
陷入客套和死板。女人反倒掌握了細緻

娓娓的技巧，這一刻只限於
基本正常的時間對她的隱隱震動。

我沒有進入她的情緒，急於將現在
就變為故舊，就著燈火考察它
木刻式的暗度。她走出情緒
來到街上，九十年代以來，那裡牢固地
樹立了對節日間露天舞會的興趣。

它搜尋的是未加表現化的金黃，
一道赤裸裸的光線。
細如毳毛的麥芽，泥塊翻滾的土地，
全部資料被推到村莊的外圍，
大路上僅能辯認沉黑如鐵的事物。

1996年

春歸故里

幾年前，我還曾與表弟騎著車，
在北邊的原上，
故意走了一些從未走過的路，
經過了一些從未到過的村莊，在
一個不熟悉的坡口下原，
回到本鎮一段擁塞的重污染地帶。
那時遇到的問題就不多，
這次看來問題更少了。

大概只有腦血管病肆虐，幾椿
猝死事例細節豐滿。
父母還只會慢慢衰老，用
兩株青槐將院門壓得低矮。
田裡正在收穫大蒜，豐收得五十個骨朵
賣不到五毛錢，人們卻不怎麼在意。
南邊村裡的人，好像小時候就在
地裡育苗，育種，玩弄花樣。
這些保守的人，從不讓某種變化
引人注目，使得我們宣傳科學時
總覺得有點學生腔。
我盡享他們種植出的一條幽深的道路，
走完一段雖然愜意，也沒有出汗。

麥穗正好可以垂手觸到。又多又大，
離你這麼近。好了，這就是
我最久遠的時間段，最久遠的事實，
我本來覺得必不尋常的意味。
應該所見已經完整。
或者頂多如此，沒有
讓我傾倒，反倒得
承受我隨意添加給它的東西。
一大早我同時收聽兩個收音機，
瞭解北約的轟炸，給那些
本來清新的晨景險些套上戰雲。

還有一件事。這次
我考察到蘇軾曾嚴格地路過這裡。
在一首詩的標題中，提到了咱們小小的鎮名。
不過，沒山，沒水。詩人感受不到什麼，
只好轉向自身：「馬困思青草」。
也許他不甘心什麼也看不到一點，
於是提到田中「涼葉晚翻翻」。
的確，一切
只有一料莊稼那麼單調，那樣長的壽命。

春色該有多麼濃郁啊！
遍地單純的綠色，被一些零碎的色彩
分割，在各自的格局中積蓄，飽和。
團狀樹冠，印象狀的村莊，
穩穩當當地布置。
布穀鳥歡快地飛行，像它的叫聲一樣明顯。
一個月後它將煥然金黃，繼而白熱。
無須那時，東坡也不必是李賀，
就可獲得地圖視角，一看
就是幾十里風光，千畦的
翠浪舞晴空。
我有多少年感到大腦的神秘，
現在似乎走出了有點蠢的迷念，
一切就要回復到它本來的樣子，儘管
可能更不明，虛幻，更令人膽顫。

1999年

盛夏

一條漫長的道路只包含了
一個玩笑。
肉體對快樂的思念像
失重的目光一樣散漫。
頗佩服它一掃
即能抓住全部事物的能力。
兩小時到達的一個旅遊勝地
在一秒鐘報廢。

此地優美的格子框架上，
平穩滑動的小汽車
迸濺著火焰（框內是鹼黃色的麥茬地）。
慢性的變化時不時要停下來。
樹蔭處猶如水中世界，
波動著粗壯的樹幹
和夾在中間戴草帽的腦袋瓜。

那受到色情損害的大腦，
一次次體驗到了這樣的時刻。
之後，目光的搜尋變本
加厲，成為無盡頭的苦役。

相比一個收藏豐富的露天博物館，
它四周的貧瘠單調多麼耐看。
借助那些速生的劣質樹木
逃避刺眼的明亮。
曝曬處均勻得像黑夜。
在那兒我將自己的行蹤檢驗。

1997年

京東行

1.

現在看山，我們找到了
聊可著眼的點，校對
它與知識中的色彩。
小四說他在彝寨接過一把
當地青年自製的笛，
雖難看，一吹，音挺準。
這個非專業人士不能描述。

暮色在往河谷裡面加重。
真要另眼看這無人的季節。
背崖上懸垂的巨幅凍雪，
還可以待一陣子，
一滴滴融入河道。

走了十多里後趕快返回。
即便如此，也踏上了
多年不遇的夜路。
我們知道各自的問題都只是
暫時懸擱（我的多令人
恐慌啊，簡直只剩下依賴）。

大山黑魆魆地隱去輪廓，
只剩下星星的難度。

2．

出了峽谷後，谷地擴展，
山高漸漸失去。
公路向遠處抬起，
氣溫升得更快。明亮得
直晃人的眼睛。

山腰上能闢出小片田地了。
有一塊上面立著棉花的
枯梗，還裹著幾團棉絮。
大家的體力和興致恢復得
相當旺盛，只可惜
小路掉入人家的後院。

村裡已有人穿上單衣。
這裡不用想，最愛說的總是
人口問題，再加上近親結婚，
牆上緊迫地提示。

村口出售一種退化梨。
春天展露路沿蒙塵的地菜。

3．

小四是研究小城鎮的。因此
坐在該縣世紀廣場上休息時，
他嚴厲地批評草坪中
沒有設計穿行步道。廣場
過於將中心集中到
台基上的巨型雕塑，可惜它的抽象
無神得像四處散布的閒人。

遠處，中心街上，
兩排商店門臉造成了
典型的視覺污染。
一盤彙集了冒進新民歌的音樂帶，
加劇中午的靈魂走向崩潰。

應該住宅入小區，產業入園區。
車輛不應穿過市場。那裡
應是步行街，設置些座椅。

總之，主要的遺憾是

缺一條河。這些北方的農業縣。

2001年

田頭偶作

獨攜幽客步，閒閱老農耕。

　　　　──梅堯臣

一直在等這場雨，老兩口
才能把果園的豆子種上。
地頭矮圓的樹墩上
落座酒後的閒人。
睏乏啊，請揮發出我的大腦吧，
先從我的眼睛四周消散。

借助核桃樹生產隊那麼高的樹齡，
樹冠，葉片，青果子，
全是汪汪涼意。
借助剖開又耙碎的鬆土，
蜜色誘人的紅糖。
飄蟲從手背上起飛，
投身下午後半段的光線，
正澄淨。隨便扯下一段枯樹皮，
裡面的蟻群一陣沸騰。

長髮男子拿著相機追趕耕驢，
時髦女郎追趕背景。

五天的小驢駒
追趕他未休產假的母親，
像剛剛剪完，打開的剪紙。

一隊人跟著耕作的進程，
浮出核桃葉片的海洋，
又返回來了。
小型農事強度一般，
因此空氣的燥熱適度。
如果他們真心向我咨詢，
我當盡力為他們策劃。

2001年

大篷歌舞

生活存在於彙聚中，從那裡
我們延續著關於孤獨的真理。
看電視新聞，我生出遺憾：
不能在同一天經歷那麼多的地頭，
街角，荒山野嶺，哪怕它是
荒唐無聊的事件發生的場所。
某天當我乘一夜火車趕過去，我
終於感到自己在看著自己，而且
發現那是多麼懸乎的事情。人們在
觀看別人的時候分裂著自己，
看得越多，就越變得無法忍受。
就像這個縣的縣民，
他們要每年都會集在一起，把一個
傳統的物資交流會變成對抗他們
太多見聞的一種方式。啊，把
好幾里長的帳篷沿著公路塞滿夜色。
我漫遊在這通宵集會，
發現了它這種舊有意義的褪色。
僅僅在賣草帽和牲口鈴鐺的攤子上
我看到了一些閃亮的東西，它的
人頭攢動的吸引力在你彙入時
已經衰退。業餘劇團臨街清唱，我

只看到了贊助者的名字：人大
辦公室，政協，還有縣第一大
通訊公司──竭力引導方言手機。
我去看了一些遊醫，給他們一些
將來會累死我的承諾，好在
那是將來的事。他們那裡
從來不會增加什麼新的病例，
更不要說我的這個街道消化不良症。
目光和大腦空虛地旋轉，把一切
慌張地模仿，移植，使得發生有如虛擬。
但文明總像福音，傳播者不畏荒僻，
帶來它美妙的新新歌舞。在塵土飛揚的
角落搭建起高功放的電聲樂隊。
天使們讓那絲質內褲像海鷗一樣
上下飛動，在掌聲中倏然捧出
她們的一對玲瓏。我在圍繞舞臺的
弧形條凳和端飲料筐的小販那裡
感受到了甜蜜的憂鬱，承認
社會在人們的牢騷聲中並沒有
放慢進步。它將給我們日趨明亮的
面孔進一步穿上輕裝，使所有季節的
換季提前完成。而我卻執意主持著

時間的戒律，反對它們彙集，反對
地理四通八達的侵入。歌手們
身著另類服裝，但誠實無欺，
熱情與5元錢的入場券溝通，這
加倍蔑視了我，他們竟然
還精心宗有一種流浪歌曲的派別。
我退回到樹影搖動的夜晚，耳邊
的嘈雜和震動不能一時間停止。
我們家喜歡說舊，這不自覺的習慣
占去了我所有的時間，使我從一個外地的
個人回到本鄉後還是個人。
我因此才那麼感到自己枯竭，
總是以趕快脫身和忘記來走出不悅。
我嘗試多在街道一人溜達，多製造一些
去向不明的時光，直至深夜的喧嘩
顯出倦意。但虛假的自得更加虛假，也讓
我們的為人一次次陷入侷限。就這樣
不管時間怎樣讓人步入成熟，我都越發覺得
定型為一個無法判斷自己的真實性的人。

2001年

這是旅遊的大省、年齡、心境

黔詩 5 首

> 遠遊無處不消魂。——陸游

這是旅游的大省、年齡、心境，
都是最合適的。
它們結合的每一個視野都像
是我一定不能錯過的，
每個都像對我是唯一重要的。

乘火車進入，它能將可以一次
滿足我的東西重複一千遍。
新春過後的丘陵只用菜花設色，
其它地方都還發黑，展覽它
口琴孔般的二層樓房。
碰上一個大礦，像巨桃
被咬去一口，露出雪白的岩芯。

等轉入公路，油菜花已在幾日內衰老。
蘿蔔花正素雅。
春光明耀，使山嶺馴服，
使沿路居住的人家懶洋洋

無所事事。讓我們
只顧計算道路怎樣盤旋到山頂
又盤旋而下，再上，再下，
即使合著眼也覺得不會將什麼遺漏。

偏遠到一定程度它不通車了。
落地間我們的步履和心情開始失重。
它以前方迷人的轉彎
漸漸推出寬敞平淺的田野，
垂首靜立著一些嘴唇觸地的牲畜。
天黑前我們只需到達那個散發著餘熱的村寨。
如此閒情讓女人們大為傷感，
好像想到了恩愛及它的殘酷。

每次我們都不信任名勝，
每次它們都是空蕩蕩的。
哪裡想到那是群山在奔馳中
突然停住，汪洋成湖。
再被夾緊，一直向那
曲折冱寒處縱深。
枯柴般的山岩，猙獰的石穴、莽藤，

猶如進入孟夫子豎排的五古詩行間，
虛無之感我真的開始感覺到了。

春山

每在一個陌生的地方枯等時，
都有這樣荒唐。
我隱約辨認出了以前的一些處境。
山，很高大，但被中午
消磨得喪失了氣韻。
油菜花服著站刑，
白色的菜蝶無聲地翻飛，
遠處拉著一副電線。

當我閉上眼，充耳不聞的鳥叫聲
開始浮出來，不倦地破碎。
陽光已很厲害，春天還不能
壓住浮塵。也許偶爾過一輛車，
都會給我多一層覆蓋。

我需要改正。不能
被惹得一味鬆懈下去。

同事們，只有你們在按部
就班中開始得到休息。
我躺在路邊這絡破舊的茵毯上，
並不愜意。

山縣

我們的漫遊自有它的潛意識。
表面上看，我們更容易被表面的東西吸引住了。
每到一個縣城，這是在山區下車
休整的最小單位，你會僅僅因為
初來乍到而獲得長足的目光，自大的
野心，想把它們最寶貴的東西
都置於你的征服之列。

它們的確是。美味
和郊區清澈旺盛的河流都代價很低，
因此很容易讓你深入到它的最深處。
或許那是它們以簡潔的人口排演的各類故事，
少許多顧忌，且有那種貌似荒謬的
很快全城都知道了之類的效果，多得會溢到
趕完場懶洋洋走在城外山路上的農民身上。

頭一遍穿越它的主要一條街道，
我感到到處都是甜蜜誘惑。再甜蜜
也不會讓想得到它的人感到抑鬱。
許多人已經以他們樸素的成功
擁有跟每個人都像是熟人的老練心理。
我們也可以闖過臨街售賣的擁擠地帶而內心平靜，
這給我們莫測的身份把快樂暗示。

我抄寫各行業門上的對聯，大大地
娛樂了一把。我沒有洋洋得意，深知
他們這類天真下面布滿心機。
我害怕這也包括大街上那些給人頻繁打擊的女人，
也許都有恃無恐，在散漫和刻薄上面
叫人捉摸不透。還有那些
快要長成的更迷人更毀人的新一代。

只要我們不溜一圈後繼續乘車，
我們就住下來，心提得高高的。
這在下午過後街道頓然變空的時分尤為強烈。
我們會朝著它盡頭的夕陽一路漫步，將
該翻找的都翻找一遍。

相形之下，當地人對這些已非常熟悉，
而且沒有經歷我們這麼生硬的渴望。

山村

一個已進入民間文學的清代才子，某部
大型字典的主持者，還用他的
蹤跡和事跡統治著他的祖籍，出生地，
早期學術活動的場所。
在一片川地的中央，一個小山丘
專門闢作他少年時的讀書處。無論
遠看近看，都相當靈秀。
披滿植被，石材構成小拱橋，
臺階，走道在山上任意伸展，
像幾道黑煙，幾株古柏騰空而起。

原先那裡只有幾間瓦房，毀於近代。
門框上每逢過年卻仍被貼上紅地濃墨對聯，
成為相機取景的絕佳點綴。
另一邊，一個新修的紀念館連接著雅致的
庭院。他的八世嫡孫在此工作。
平日的訪問量為零。多的時候可以

來幾輛大車。因為在遠祖的時代，
越僻靜的鄉村越比城市高貴。

這使他那位遠祖到老都長著
怯弱呆板的娃娃臉，完全不是
館內懸掛的工筆肖像畫的拙劣所致。
旁邊他的那位誥命夫人也墨線幽古，
臉色蠟黃，恰當地傳達出遺像的
死亡氣息。橫幅手跡
字體纖弱，毫不懷疑地套用前人的視角，
描摹川地裡的風光及農耕圖景。
他浩瀚的書卷已無從搜尋，
博古架上擺著幾本薄薄的佛經──消閒類書籍。
紙張混濁，有著塵土般的顆粒度。

轉完一圈都不需傍晚到天黑。下來後，
我發現這少年的詩歌是純粹的
現實主義，歷代也只有這一種風格。
這整塊地方仍只有農業。小河，村莊
的確抒情，並非我們輕浮，土地
只像風景的要素。人也像，比如說，
古代大多數詩人出遊時遇到的那類，讓你

進屋借宿，出具臘酒臘肉。
他們都還儲存著已搞不清楚的記憶，
很容易把所有的話題都集中在這位先人身上。

到夜深關於他的故事還講不完。
當我到屋後去解手，深不可測的漆黑
與寂靜。空中略感雨意，一叢修竹微微擺動。
早晨，我們就著河水洗漱，鉛雲
過陣。整個川地顯出了氣韻。
我們迫不及待地出發，將
村莊人煙甩在身後。
這個早晨行走在山路間的清曠之感，
惹人長嘯，想起來讓人神傷。

高坡

白天讓人無從捉摸，
離開時我把它抓住了。
路旁立起竹木檐面，
車窗外閃過遺賢的面孔。

這小小高聳的石原，
寒風曾把它吹得無邊無際。
現在收住了，在孩子們
映紅的星星之火中。

所有的線條可以穩定整整一天，
顫動了。自律的
都往外浸染，送出
一隊拾牛糞歸來的婦女，
心境都是濕潤的枯柴色。

就像太柔情的事物，
讓人無法稍久忍受，使
我們消失得這樣快。
沿著它的一壁之之而下，
經過山腳秀麗的村鎮，
當日返回轄它的城市。

1999年

下部

怎麼辦

眾星完成了大哄唱，
接下去要一個個幽咽尖叫。
我們剛剛理順了大關係，
你又在製造小矛盾。

我建議你坐在濃蔭裡，
旁觀烈日如熔白金。
我把你布置在礁石上，
你就再也不肯離去。

勝似那漫長的不覺悟，
都有沒骨的感覺。
你可以暫時擺脫工作狂，
往後退到書呆子。

我們可談的事情太少了，
滿足於沒有擴大的意圖。
卻不防你已能一語擊出洪水，
來漫過我們的住房。

一首曲子起名道：向西！
真是叫人愁。

腦子一轉就是全面感覺，

每一個動作卻都是退出一步。

2003年

夜坐有感

夜晚不瘋狂也不緊張，
顯不出當代生活的複雜性。
近來，在外地學習的人說他一冬盡眠，
常不覺曉。日子還會舒展，
現在卻卡帶，不讀盤，圖像不清，
而且已能覺察到它的影響。

自從分離的時間延長，
人最容易做的就是順勢將自己擱淺，
這才是我感到的瘋狂。不
消耗也不生產垃圾，嚴重到
頭髮都在瘋長。一種未曾料到的
滋味，好像談鬆懈也是
嚴謹時的事，現在
連它也談不上。

我們相信還會振作，又
隱隱懷疑那將永遠成為一種願望，
就像我們時不時還有的
想揀回舊日時光的那種願望。
沒錯。不過，我又沒為此緊張，
覺得自己還沒有足夠頹喪。

想到那些打開卻翻不動的書。
以前的人從小竟尺寸之陰，有成者
自慰終能視上代垂教枝枝相對，
葉葉相當，無一字無下落。我
無意稍稍冒犯生活的難度，
現在只藉一個電話般的小小事件
加以整頓。它們光形式
就清新，健康，不敢讓人
甚至使用一點情緒化的華麗措辭，
只希望它們能劃分並促成轉變。

2001年

舊的類型

多才的鄰居，沒有習慣深翻自己。
我們的交情還不是很深，
一年中我三次拜會了這種美德。
那時，一個電話就能溝通的
千里之外，舉手之勞仍困難得
像一千里一樣難以步步履踐。
誰會去打開那個鎖定在
脆弱之上的安全空間？以前所敏銳的，
難保不像那深沉
獨立的意志，產生不崇高的曲線。

時間向年終推進，夜暗
無阻力地向透明地帶推進。
照例要吞噬這永遠也看不到
內部的擾攘。一條粗線
就能講述的急動，和存活在
飛快的點埃中的生命。
血肉之軀都長在了一起，
但你們不顯出真相。
我不禁失口叫出了那些燃燒的招牌和店名。

在早期幾萬元就能拍成的電影中，
當一個人形成某種預感時，總有
一塊半途中的戶外場景一起出場。
混濁的河水彎出均勻的小浪頭，
對岸，一段毫無匠心的山
與岸邊路融為一體。

而我們豐富細緻的生活雖然處處碰到，
並耗費思索去對它承認讚美，儘管
像一個不高明但親切的朋友，與你度過由
激憤變得鎮靜的全部過程，
卻像某個你確實喜愛過的歌星，
現在你憎惡他高懸牆上的
形象，苛求他的
態度。你的一段
被他淋漓抒發過的情感成了應被抹掉的廢料。

往昔那些蒙昧未開的時刻一直在洪流般的
黑暗深處生長，在夢中無色差地顯影，或
把一個走了神的人變成行屍走肉。
我屢次扼殺它們，
現在感到所有的衝動都毫無根據。

即使重新亮相，我們私下裡引以為榮
的變化也無效，將被毫無傳奇性的外表
遮住，仍然站在各自原先的位置。

1998年

家居

午間的陽光照在酒桌上。
年輕人都裝死，老年人主宰氣氛。
這點讓人忘掉自己的樂趣
漠視許許多多目光緊鎖的密碼。
小團體緊緊擁抱，愛與憎
在時代交錯的背景下都顯得溫暖。

我第一次考慮譯出
這些想法。雖然時光與經歷
終於給你帶來穩穩當當的幸福，
你的削瘦中
仍儲藏的那片若有若無的豐腴
將化作愛的激流終歸再溶去。
可現在卻讓你舒適，以往
不再是啟示你抓緊生命的財富。
你與我共享此中愁悶，比我有更好的方式
迴避其中更悲慘的意味。

中年以後，你將雜事關在門外，
雜物關進線條筆直的櫥櫃，地板
乾淨得讓人不忍舉步，一幅不艷不淡的
窗簾新掛上去不久。可看到它的人

並沒猜到這個生活才成型片刻，
舒心的日子還沒來得及喘口氣。

深秋是倒序的夏初，戶外的明亮
連接著定型的個人生活的不見天日。
你與它的不可戰勝的距離，在它那兒
受到街道
像漂滿浮物的河水一樣的
衝擊，走到一起像失重的相撞。
在你的身邊，你的充溢的內心
使你發出短嘆。

你承認沒有多久就在
午睡後萌發自殺的念頭，現在
嘲笑這一想法。
這怎麼平靜地對待：猶如我嫉恨
那些引誘者，更憎恨他受報應的
那攤子爛事，一切都像有罪，
這種生活的邏輯，還有那
淌滿信紙的人人擅長的議論：
「在別處，要麼在暗處，生活不在原處，
這是此類空洞探討的頑念之孽源。」

星期天，兩個人樂意躺在一起，以最慢的
節奏談天行樂。自從有了這，
似乎才對生活真正有所屈服默認。
那時，他們都忙於將
一切觀念儘快付諸實施：
風急天晚，搶收土豆，抓緊
窖藏；或者冬日為取暖材，一圈圈往遠山
尋找。幾十年過去，這在死亡映襯下的
激情由身後注入。

1998年

生活隱隱的震動顛簸

生活隱隱的震動顛簸已覺可畏。
碰上多大的險阻，
都不影響每日平穩的替代。
你的同情心在無形中加重，
能夠愛惜一切，
深思熟慮閃露在尋常舉動中。

偶爾，當我把眉頭攢緊，
目光收束一小刻，
那是我暗地裡為自己打氣：
過一會兒，我們就會走出這
心緒的堵塞帶來的千鈞重壓。
哈，果然，
生活給我們的居多是安逸，
樂趣全誕生在選擇之間。

在你的生活中，你大多數時候
不為他人承受負擔，
他人在他的生活中更是如此。
因此，我想窺探的念頭
多麼有害。最好讓我們
看不見伸手可探的事物。

不遠處確實進展著的事，
卻時不時傳來信息。
有時候，我以為生活本來隨隨便便，
應該爆發出它的喜悅。
人們一次次疏導它，勸慰它，冷淡它
封鎖它，就是不給它第二種前途，
也把它的迷信搞得那麼尖銳。

2000年

Greeting

生活如此養人，我們都成了一個個
出色的持久戰戰士，在
夜晚來臨之前，經歷
最接近正常的瘋狂。那算得上
最個人性的時刻，我希望
沒有一刻能得到喘息，把
自己安放得像那塊無人不知
但人跡罕至的草地，達到
永遠走不出去的安全。

夜裡十二點，我覺得有些振作了，茶
沏得像水藻翠綠的近岸。
我開出一串串不流暢的玩笑，引起
溪流一樣微微蕩漾的反應。
可我的內心卻緊張得要命，
唯恐一直要這樣繼續下去，唯此，
種種溫暖才成為無害的東西。

我的狀態如鐵，不再怕受衝擊了。
含有那麼多堅實的成分，緻密無間。
今天傳輸一道閃電，一件珍貴的
禮物般的東西。禮物？有誰

不從內心警惕它的意義，讓它
形式如此不堪負重，把幻覺
像最不可思議的體驗一樣
點綴在最佳部位。

或許真有那麼美妙。且
持有這個程度。我們到底要讓生活怎樣？
說了那麼多突作荒唐的話，
結果它們顯得情真意切。
每個人都像自己一樣堅如壁壘，
又都不是我這樣的原因。
沒有信心去辨別苦甜的滋味，
僅僅為此覺得沉醉。

2000年

長假之後

長假之後，耳邊又
響起往事的餘音。
我又回味起那讓呼吸屏住的短信。
夏初的日子對於我
仍然只有些許微風，外面也不夠
敞亮。我投入其中，
情感的漫遊越來越像
簡單的日常出行，可以及時
撤回到寡淡的需求中。

新朋友給我一些啟示。
她坐在小店中嫌熱的樣子，
讓我看到了自己的篤定。
她在霎那間閃現的孩童身影
深深地為了暢笑折腰，表明
她所描述的成人生活
最可怕時也是可以忘掉的。

我還是逃不脫精神受苦，有時
感到特別嚴重。重新
從事早年的把戲，把
越說越糟的話說出來。

沒有奏效。沒什麼，
這樣自己就更堅強了。

一日。她露面了。「再見。」
下面就像鐵軌向遠處延伸時
硬梆梆的震盪聲。
「再見。」又一個。何等
千頭萬緒的總結。
我等著她回來，或者說
沒有什麼好等的了。
現在已不會有古人那麼慘的離別了，
但我恰恰想到了古人的情形，
為此我就該受一份精神之苦。

2000年

行走白描

閃電的白熾在牆上熄滅，

幾絲雨使得灰塵嗆人。

加深的夜色更適合一場

汗濕津津的思緒，又可把它通體

吹個涼透。這時

一天到了盡頭，拐出小巷，

路燈讓它在破碎與挽結處，徹夜疲憊。

像聲輕微的嘆息，一閃從上空劃過。

像友齡長久得無話可說的朋友，沒能會意。

雷聲隆隆，大雨傾盆，

汽車像汽艇一樣深深犁過。

就像今年七月將城市猛烈刺激之時，

把我的眼睛引入沉睡。

他有點吃驚，現已變得平靜。

過去和將來就擠在兩側，借給他短距路程

廣場般的視域。噴水管

無聲地旋轉，挽出水花，澆溫草地，澆滅暑熱。

當他每次臨近夜深從那裡出來，

一個人凡事尋求明確的習慣

早已改變，雖然還沒變成另外一個。

他黏稠地流動，連續運轉，
我甚至不去想什麼使他這樣勻速平穩，
使他以一步半米的步幅向前，
雙手空白飄逸，不握一絲累贅。
什麼像上了油一樣輕鬆咬嚙，稍不
留心，就會出現突兀脫節的夢的意象。

沿著栽種單行土槐的背街走下去，
星期天，他準備放縱一下的念頭
也顯得香甜。
也許逢人便需抖擻興致（他不忘
摻入一些貌似唐突的清高的音量）
使他有些支撐不住，他趁人不備，
溜到大樓後面，
將一棵青草沿著骨節折斷。

後來一封信讓我心動，
但幸好這樣的事如此稀少。
他說生活處理不進大腦，只好拿一個記事本
把一些細節草草記下。
（這是可能的，留意到的事以後總會發光。）

即使它本身晦暗無比，正好可與其自身蔓延的影子
連成一片。
就像庭道樹之上看不到的夜空一樣天衣無縫。

1996年

給小說定調

玩笑僅可悅俗眼耳

不足以清玩

我在這一天一次次在桌前坐下

感到不能得到我所愛的書的理解

有什麼書能把我徹底清算能有力堪比

無聊後的睡去或緊繃著臉強壓的

話語（比好久以來的一次出門還要刺激）

虛弱的眼力會對早晨五點的光線反應劇烈

看著染髮劑和鉛華飛快地奪去了少女

目光的清亮話語也盡顯本來的空洞

一度我既能做到說笑又能做到合理

如今它們還在努力想晉升到天性之列

讓你使勁想上升又渴望痛快地摔倒

在這個過程中你完全沉寂而時光又會

一如既往地開始復甦把

女人打發到舞場她們總能自我保護手

拉成一圈始終只放鬆自己其它人則

心境鬆馳用最慢的步子散步到草坪

坐在那兒感到任何話題都將轉移我們

走到戶外的意圖使問題不能完整解決盛夏炎炎

女人曾是多麼容易濫用來治療人文主義胸悶的

一個話題以它為依托進行大動干戈的學術發洩

如今這已因我們可怕的不徹底（等於讓我們變了一

個人）

淪為二流使我們的坐相如此不可原諒地富於經驗

態度中自慚揉雜著自得不久以後我們

挽著愛情（簡直不堪反省）她說想到自己戴了

這樣一個顏色別致的乳罩短袖上衣遮不住

雪白腋窩讓她一想起來就感到興奮

「你的頭髮不要貼在額頭上，你難道不應該為我

把腰挺直一點」這時他陰雲重重的臉色下面

正有萬根水藻向上扭動突破不了

平靜的水面（能得到她一半的洞察

已多麼罕見）

在他心裡他正急著想趕回去把一本舊書

翻閱只要是美人就肯定以享樂為冰清玉潔的

理想有什麼比把心從所有細小的欲望中

撤回牢牢關死更讓人感到自強不息

我明白這個道理一次比一次更加明白

一本書沉於心底深刻無比滿載

他丟了魂時的魅力有什麼比

動手輸出它以前更不讓人喪氣

1998年

雙休兩日

或躺或坐，把電視看遍。

夏天今年來得遲，

風在外面拂喧。

就著電視，時醒時睡，

知道了有那麼兩個前代人。

一個，心態一生都修煉得好，

到晚年失衡了。一個，

三十歲已是一個嘮嘮翁。

每個時期的恐慌

都凝聚在小歌小調中。

外出的人將帶回一天的親身見聞。

我卻能臨亂照樣散漫。

真的嗎，真的嗎，

將進入你的胸懷？

1999年

一個夢

一個夢，有電影的長度，
難得完整的版本。
一點沒有串，杳無音信的形象
明確、頻繁、持久地出現，
我沉浮其中，心跳難支
最後結束了一切。

還有美夢把人喚醒。
日子壓抑不了這樣的惡夢。
勤苦勞作的思想，
被牽引著要奔向廣闊平靜，
從不給遺恨這樣的字眼一個位子，
以為全力就能抓住僥倖。

我有幸彙集全部熱情
於熱情無濟之事。
差一點領略不到它的高度。
我攀援它的沉淪，
仍收穫不盡的陡峭，
步步無愧雄偉的筆觸。

2002年

某自白

我還不能接受愛中更複雜的調性。
迪斯科音樂中的甜女粗漢顯出了
它足以令人醒悟的廣度。
那真透徹啊，只是不管用。
他們不幸沒有碰到那些你不幸步入的
深不可測的幽暗小徑。自此，
某種咚咚聲幾乎連成一片，像
來自天外的號角，強勁得令人震顫。
即便你長髮長裙飄飄，是醜小鴨也自有迷人之處。
你像個假小子，仍掩蓋不住剎那靜中的麗質。
我記得我們真是好一通不知憂愁的胡鬧喇，
什麼事情似乎都沒什麼緊要。
後來不經意間朝天空一看，這個城市太小了。
我悲從中來，一絲形跡本已飄得無影無蹤，
現在又籠罩了我的生活。它已遠在重洋之外，
又怎知喚起我心中多少罪惡。我日思夜想，
每一處都想不通，因此吃飯睡覺都出現了問題。
我不指望有什麼奇蹟發生，卻不敢相信。
我不停地打電話，發郵件，
彷彿一刻停下，一切努力都會白費。
我體味每一個反應，那些話啊，笑聲啊，神情啊，
對於別人多麼自然而然，卻讓我一會兒身輕如燕，

一會兒如墜深淵。我還不是不能進入交流的人，
我的強烈姿態不免讓別人感到無辜。
苦情的一代總是走了又來，從沒空缺。
他們可以直陳思念之情，
鑒於這如此不可自抑；可以蠻橫地要求得到重視，
直至面前垂下體諒的關愛。但
這種事情上自卑的心理總是要命，你有真情，可
內心畢竟虛弱。有一次我已被約要去參加一個活動，
我一大早起來拼命打扮，心裡興奮喲。
可是他們的腳步聲從門外經過，沒有停留。
他們忘了叫我。這一天對我來說可想而知。
我在屋裡待了一整天，逐一傷害了所有要好的人。
晚上他們回來急忙跑來道歉，悔意如此真誠，
我還能怎樣，只能又感到幸福無比。
我的性格開始有點結冰。我依舊不敢止步，
雖然我知道事情有多麼無望。我學會了自欺欺人，
在熱愛的人面前擺譜，好像他對此只有承受的份。
我不瞭解許多人，覺得他們完全可以成為
普普通通的人，做事隨隨便便，
常常還違反點常理。但不知他們為什麼那麼不可思議，
彷彿某個念頭讓他們心醉神迷。
很明顯，這是想偏了的想法。

我也應該是一個隨隨便便的人，可我

首先就在跟自己過不去。愛啊，

總是不能胡思亂想，它永遠不受威脅，

不會屈服任何過激的失意和絕望。

流行歌手可以將情感的事唱到四十歲，

雖然誰都明白，他們早已不關心這個問題。

我依舊在聽這些歌。不過去西安時我喜歡上了塤，

在貴州待了好幾年，我學會了關心好多問題。

我的床前抽屜裡有一盒《南無觀世音菩薩聖號》。

聽起來有點恐怖，其實我心裡明白，

我是真心喜歡這些東西，並不是多麼可怕的事情。

2002年

雝和宮（一）

百種滋味調入，
難嘗如同霹靂。
隨便一樣能牽你久久離開，
撒手時感覺差極了。

我的心駐留在懸崖邊，
想擱它個天長日久。
當身體只合斜倚，
五官都浮到淺表。

我承受得了這漫長打擊，
有時感到還在沉溺。
那麼瑰麗的妄念
湧現得甜美又無足輕重。

我看到你了。
總是想著會看到你。
你的惡感是實質的，
我想自強不息的願望，你沒有絲毫興趣鼓勵。

我如此習慣於要求自己冷靜，
將它視作立身之本。

可嘆都不如隨便點有力，

能甜如安安穩穩的孤立。

2005年

壅和宮（二）

迷人的女人，
在念經的殿堂，
臉龐的側影透出
令人無助的因緣之美。
她跟另一個人
深深戀愛了。
眸子寧靜得
都似奪眶而出。

神交一小節，
迎來一個停頓。
如同你們喇嘛們
情緒出位到一個臺階，
法器鬼哭狼嚎。
偉大的編曲搞笑了我，
緩解了我，
真想往地上匍匐。

2005年

夜晚的男體

似要邁向思想高度，
脊梁和腰實行合作了。
眼睛沐浴著電視，
全把新聞納入戰略。

他一定要躺在三角的角上，
才能顯出整體之感。
他嘗試身姿直到進入困境，
啊，終於伸展出非實踐性的安逸。

2002年

夏
天

我覺得已經盡了力，
全用在克服熱。
哪一年它開始成為問題，
意味著我已足夠輕鬆。

娛樂豈是低級，
它鋪張歷史遠勝我管窺空洞。
圖像聲響都有涼意，
如肥鈍的強力機械風。

更有那小報的知識讓人受益。
越便捷的通訊，
越要求使用時情緒穩定。
越是失誤，越需要補償。

2000年

歌聲

商店裡也播放流行歌曲，
自行車上的歌聲穿越著街巷。
一路上她是一位俄羅斯歌手，
民族唱法女高音，歌兒唱得
越來越歡快，成了
一串響亮的喘息。
啊，她的歌聲遠比那憂傷的憂鬱。
她的形象遭到模仿。
頸間敞開兩顆紐扣，
兩隻口袋兜著乳房。
她是現實，不是藝術。
現實不需要藝術，藝術阻礙現實。
藝術是有害消遣，藝術是
心靈的隔膜，藝術是
情感的降級。藝術是混亂。
現實迴避藝術，現實
迎接歪歪扭扭的風貌，
不喜歡標準，更討厭龍飛鳳舞。
她愛上了這種字體，這種字體
中的形象。她的心入迷不淺。
她的感覺絕對如鑽石，
她的真理悍然如雷霆。

她宣布無效。她是
否認。哦，哦，哦，哦。

2001年

晴春

它的老問題是需要外面的
天色來曬去隱私，以
各種歌唱將自己唱乾淨。
那些老人們，每人都有一個庭院可以遊戲。
擺開傢伙油漆鐵櫃，慢
慢攢塊地皮蓋座小房。
鳶尾展開凶猛的劍葉。

在一部作品中，一連串
淫艷的打擊之後，理出了
它的主題：賣藝不賣身，
只愛錢但蔑視錢，只有
身體的天賦，就像
善，枝蔓與衍誤都遮蓋不住。

禁忌的最後一道被突破了，
它所保護的事物
沒有體驗到傷害。
新銳饕餮生活。
我不禁想起那些
剛剛加深行將解放的友誼，要看看
那些才爽朗起來的語音怎麼迷離；

一位跨國或跨洲旅行的
近代作曲家的感受如何致命，
他帶回的曲子將滲入
大部分歷史，直接獲得流傳。

1998年

生活漫議——或為《在延安文藝座談會上的講話》發表六十周年

1.

如果稍做窺探，每個人都是活的。
有人坐等著收e-mail，
有人還沒有自己的電腦。
這樣由以分鐘計、小時計，
到以天數計、月數計，
每完成一次交往都讓人情緒不穩，
發生心理異常的可能增大。

我們培養各種依賴打發時光，
不妙，這正是致命的地方。
它們會把你擰成疙瘩，
挽得不死也不易解開。
反倒這時一個沒有愛好的人，
掌握了精神的修養之道。
他擁有原生態綠色精神。

2.

每當生活完全正常，
標準得可用單片機運行，
那迴盪在室內的嘆息聲

及其變種形式就會增多。
他會不相信生活將繼續這樣下去，
他又占卜，又猜謎，要麼
就放手讓這段時間自己走盡。

港臺電視連續劇，for example，
滿集情感漣漪，波光粼粼。
它的節奏平穩，男女主人公
性格中正，發乎情，
止乎禮，卻不行，
發生了無資風流的工作青年
與幼女交往的丟臉事情。

2002年

十四行
──紀念毛澤東誕辰一百周年

來不及遺忘，已變成迅速凝結的歷史，
現又成為神秘表達的辭源和古典。
幾十年前的日常生活蕭寒，勇武，
那裡忍冬花瑟瑟，飽含神迹。

那裡「東方紅」鐵牛深翻了土地，
不朽的葆麥種子至今還未發芽。
因為播種不只為收穫，還為信念，
毛主席不可能不知道穀物的產量。

而歷史──毫無感受的快樂主義者，赤腳
渡過河流的醫生，卻對自己的必然性
缺乏信心，只能揀起火熱的記憶

藉此打破通俗文化的空洞秩序。
有一種秘密源於我熱衷培養的蒙昧，
他的表情正在圖騰飾物上逐漸喪失。

1993年

荷東

老實、積重的時分。
在你的全社會春心萌動之際，
正好是我們這一撥趕上成年。
把我一次次拋上你那管內列車，
反復咀嚼幾十公里風景，
致幻更要用點劇甜。

愁眉苦臉，
被駛向新時代前的陽光
拘束得動彈不得。
道德純粹得如履薄冰，
如臨深淵，
去與無限墊高的未來相遇。

當你一次無意間提到它，
竟然一閃再沒有下文。
機器音樂情感好清晰，
人心要多正確才能靠近。
這快樂是社會為瓦解我們
預置的。

2002年

闊論

真快。報紙上整版整版的電腦報導，一次簡要回顧。

又一版宣告汽車時代也已到來——車主站在自家車旁，

題圖表明性價挺好。

哲學家為什麼總是愚頑不化？

社會學能將不朽建立在審時度勢之上。

詩人一提筆就想概括「生活……」

思路不通，從大樓的水泥根基那裡

扯來一束茅草進行研究——科學的態度。

應該指出

氣溫驟升產生了作用。

放眼望去，暮春的空氣中不是花粉

和遊園者的凄迷情懷。

街道上車流滾滾。臨近天黑，

顫動的燈火與音響讓人鋒利得能切割裁剪。

生活高漲，時代由於技術進步而飛速旋轉，

還需整整五個小時才能寧靜。

那時夾道的官槐在路燈陪伴下

將繼續沉睡，屬於另一種遲鈍。

不應讓人覺得你這樣看問題。

一株草坪草恪守先天的原則，

花穗嚴格互生，——一種誇大的真理。

而實驗室一直在散漫的青春之外存在。那裡既不失真，
又不失美。個人從事貿易越成功越合乎
道德，為此有多少年輕人正抓緊
塑造性情，躍躍欲試。
只在傍晚稍作放鬆，
打打網球，
現在全身心舒暢地在店門口
來杯冷飲。仍止不住大汗淋漓。

你，一生受苦受難的人，有幸成為時代的英才，
生命的雙重豐收。供職於蓬勃發展的財團，
率先表現出夏天的形象。
雖已過五十，仍可算年富力強，
只有染黑的髮根露出幾脈銀白。
你的神態似剛剛飄洋過海，又頂著陽光，
因為生活中的街景雖然盡可入畫，
畢竟不是電影語言和廣告中的那種。

原來是美參與了創造。這才是美。
對你表示敬佩，生活中的美。
一位欣長女郎頭手撐陽傘

在那輛車邊，在那邊

文靜地等待，已有好久。

夏天與時代交織的盛景令人震撼。

一切都美而合理。

但願我不讓人生疑。

那些不及時更換夏裝的人容易令人生疑。

他們在這個季節看來得找點礦物藥，

來抗鎮驚慌，

又難免留下贅肉與譴念的後遺症。

1995年

轟轟烈烈，猶如疲勞

轟轟烈烈，猶如疲勞，
什麼時候消除乾淨？
我專心地吃一條魚，很快吃完了。
想休息，只有眼睛合得住。
我找最偏僻的戲曲看，
往往它們越難聽，越讓人放鬆。
相反那些遍地漂亮起來的女人，
價值越來越體現在那一會兒工夫，
還不誠實地依靠這點本分。

奇怪的思想猶如惡作劇，
越偏離正道，越按捺不住，
到頭來要把自己完全濾掉。
曾記得渴飲嚴謹高明的學術，
滿書連勾帶劃，
後來它們發作為毒鳩。

它們有如小塊風景，呆立一隅，
憑其冷靜無用散發著魔力。
它不能吞嚥，不能消化，
又怎受得了持續的嘗試？
我四處流連，寄託那些

憑空而起的閒情逸致，
現在卻連這也不可能了。

一轉動就想到舊學振興，
世界倒退，彷彿大腦只能是宇宙。
事實上一切都自足而充滿敵意。
文明依然經得起挑剔，
落後依然不值一提。
世界處處是陌生臉孔，沒允許讓你評判，
而且你幾乎也從來不會遇見它們。

金錢剛剛開始不斷需要，
藝術也用不著全部滅掉。
快樂需要升級而不是降溫，
自由雖產生抑鬱但輪不到自己抑鬱。
繁忙的時代正在忙忙碌碌地運轉，
啊，古怪的時光
悠閒地生出嗜睡、嗜苦、嗜症症。

2003年

孩子們在誰的組織下合唱？

孩子們在誰的組織下合唱？
讓她們的心更加荒蕪了。
我的心到處找地方躲藏，
就近到了《中央亞細亞的
荒漠》，真有一些東西
會叫人讀之唯恐其竟。

請家裡人用話語將我抽打，
讓我藏得更深。
在她們跟前，
既耗盡了精神，又
導致急劇的腦力枯竭。
而且相信還會有一場大病，
只要身體的沉痛不散。

不是因為她們的歌聲，
我相信。
即使她們真的有那麼感動，
也改變不了她們的前途。
本質上是有口無心，
徒然讓人們辨不清生活的大盜。

孔子，柏拉圖，第一代聖人，
在他們納入音樂時，都
暴露了是在拼湊一個體系。
不過，倒都懂得它也會導致墮落。
那些善作曲的人可謂逢時，
向世人公布從小到大的相冊。

她們長大了。
要給每一句話抹上曲調，
方能下嚥，耽嗜那股餿味。
到底是在濫用，還是
最大理性地使用身體？
兩者都會把人苦壞。
又是哇又是喔，
長得不賴，也有點錢，
一處不行，我還得再找地方躲藏。

1998年

廢城

一方水土，一方口音中的基因。
虎子們從小擅長邪惡敘述。
小學未畢業就過硬了。
高中一畢業就躍進去，
砥立於不斷擴大的城建。

出落出的陰莖健美，臉頰一絲不苟。
在城牆內，還自恃著爛根之上的國際文化，
幸運的有聲有色，和
背運的無法無天。
可面對虛擬的大眾又太馴服了一點。
就像在有攝像機的劇場和有記者的會議廳。
在城牆外，因事經過東奔西走的人流。
在一個年關已至的長途汽車站上。

這樣他們的腰板和威嚴的口水
才吃得消他們裹著皮草的新娘。
（他的殿後的餘孽丈母娘）
用一隻嚇人的口罩遮住那榴紅臉，
露出目光中的荒蠻，
或把沿街無限無形的人映成荒蠻。

沿著高速公路

行駛一百公里。

傳統的田野放鬆不下來，

來不及瀏覽，

更如期抵達一派祥和的三十之夜。

2000年

懷柔

夏景簇簇堆堆，由風

在傍晚依次翻開，可描可畫。

離京兩小時，小客車

無聲地帶來尊嚴。

駛入療養區，停在

面帶主人神色的湖畔小樓前。

一旦回望——好一片

餘輝，好一番山水性情。

再加上裡面

生長出的社會。

門廳即擁有自己一套光線，

走廊裡的面孔漾著隨意。

某個成熟的模仿物？降低了身價？

無厘頭思想。

很快輕鬆中會沾上

形式之累。

餐廳裡爆發的喧嘩喑啞，

讓我看出了樸實卑微。

還有那些服務生，畢竟
是本地青年。不知怎麼回事，
近一年來，我偶爾會伸出
將身邊的人看作同一國人的
觸角。等定住神，
才發現自己有點可怕。

願喝酒的人來越少了，幾杯
就能將幻覺縱容。「以前，
存在總是感自周圍。現在，
沒有任何理由地淡漠了。
或許是躲入了民族哲學，無論
如何，不覺得這，嚴重。」

拉開窗，山坡徑直逼過來。
我有點不習慣這沒有餘地的窗外，
彷彿我們不知道與寬敞的房間
一起嵌在籠子裡。仰在圈椅上，
這麼快，這麼輕飄飄地
就放倒了。

2002年

學校某××

眼睛連眨數下，然後一睞，
是她整理表情的方式。
等她臉上笑容疾現，
這個人好淺顯易懂啊。

她有一骨子覺察的能量，
這是一代人不以為然的通病。
我輕按一下她的手，
只接觸到全副的好脾氣。

她有耐心展示自己的確定，
我則說不出一個整句。
交流看法本是不能認真的事，
新鮮勁全在第一二回。

她無意掌握主動，更加輕鬆，
還是那清瘦骨架的神奇。
我太累贅。探討自我耗費體力，
我承認早記不得她的模樣了。

1995年

石人

1·

倘若你嚴守公司的鐘點，
我為何打卡般奮力到站？
果皮箱正前方對開玻門，
二十八分共渡首段車程。

撲鼻是盛夏的美膚美髮，
耳邊奏響青春哈氣音樂。
視線落定難平勝利節奏，
連日重逢你的寧靜忐忑。

如此挺拔又把胳膊裸露，
扎一朵胸花來增加含蓄。
神情嚴峻卻把目光流離，
在我真算地鐵美女第一。

2·

如來自一絲不苟的簡歷，
去向也有把握履勝似夷。

彙入我固定的職業路線，
散發著淡淡的憂鬱氣息。

明快城鐵瀏覽晨曦群動，
又投入深沉的地下列柱。
幾人之隔景如萬水千山，
若有所得躲進一車面具。

白領大軍紛亂湧向月臺，
過洪也不能把我們衝開。
混亂目光衝撞千百腦瓜，
唯有我們認識如同一家。

3·

我們似有意又絕無所待，
輸得起神秘戲劇亂安排。
邂逅之美多是空洞結局，
愛只在不能證實的存在。

窗外如台下般面目模糊，
車內人緊縮眉意頗不舒。

往往生活複歸無奇之時，
她的身影顧自赫然入目。

慷慨給你一個絢爛正面，
美目死死地克制住視線。
連同她那縞白順滑衣裙，
直撞無知無識白痴體驗。

4‧

美人一去如水漾月失相，
眼如盲唯有心流連不忘。
依舊見你乘車擠入眾人，
保護著青春年華好模樣。

我也離得開這人間美景，
換起頻道難算忠實觀眾。
終需揭過生活坎坷一幕，
自它慣於無需什麼發生。

一千條詭計在胸中轉動，
生活被謀劃得四季常青。

精準又似把下力的鑿刀，
迎向線雕般的心的圖形。

2004年

但我們終得半面之識

———李金髮

熱浪堵在下班前，

疏導不開，醞釀那個小雷陣。

頭髮已經見了雨。

沉沉間，打來一個電話。

一個玩笑差點讓我心肌梗塞。

它傳來一張信任的面孔，

微微邀我同甘共苦，

從另一個無限昏黃的雨前時分。

闖進一個文明批判者。

心慌難忍，像過不了眼前的一關。

每當想起家鄉毀掉的百年林子，

他經常會半夜坐起來哭。

現在蒼蠅都不叮西瓜，

偉哥，不是一個最恰當的標志嗎？

又消費，又超支，

針對婚姻又是一大堆。

「我們現在的專業人員，

也根本談不上瞭解女人。

都處在推理臆想的階段，

還在離譜的層次上。」

驚起猜忌和疑心，

不過一刻鐘，鑄就了一個

兩年沒有成型的友誼。

結束了。被抑止的粗重的嘆息，

連發得就像頑固性呃逆。

我沒想到精神會這樣不依不饒。

不僅有不敢面對，

也聽不得某種聲音了。

2000年

獨寄

內心掙扎，
有這個說法。
有些絕望應該承認，
你只能去想它，又不去想它。

時間是唯一出路，
現在還走得通。
由刺心到不安心，
表面上，我們還是正常的。

我還能感受漠漠雨雲，
涼卻初暑。
商廈，廣場，部委大樓，
鎮定，充實，使個人不氣餒。

你臃腫了仍顯單薄，
映照在自動扶梯間。
我有點畏懼眼前一切事，
除了招待電影。

短袖單衣，
置身涼颼颼的大廳。

啊，又是重複經歷，
空曠與寂寥，催發一切抑鬱。

那優質音響，
每個細節都濫情。
東倒西歪，
給事務主義者招魂。

多少個午後，
參加集體活動，
大多數人打起精神講話，
有些身影就像深井。

沉靜的側面，漠視
朝向它的叫不出的吶喊。
現在一切都好了，
我們終於認識了。

戰鬥打響時，
歷史，群眾，是我快樂時的樂趣。

也是我現在的慰藉，

為他們的平庸，比以往更為多淚。

2000年

晚飯

某些事情令人心痛。交流上過分
暢通使老友們有了相互傷害的
癖好。現在這些腦瓜
想不動自己，盼望著
置身無論怎樣的哄鬧中發爛。

共同的欲望我們都想像過參與，它
熟透的處女般的面目本來緊裹著
排外光芒，選了一個人將之撲滅。
這使你緊張的生活形同泡沫，
濃烈的味道還夠你貪婪地品嘗一陣。

三年前，為了它，曾讓我們的朋友
熱血沖頂，雙手差點將天花板舉起。
他強壓著坐車趕回家中
一頭栽倒在床上，像
中彈的士兵一樣苦苦掙扎。

這刺激我的胃汩汩產生腹稿，
希望能立即用於某封書信。我將說
我正好初次形成的一點積蓄

也成為滑稽的事情，成為某種
鬆懈的標志。

不管怎樣，我們都要
嘗試一下以前想都不敢想的方式。
「是不是當一回二球？」大家熱烈地領會，
問題轉到表面不再晦澀，
個人話題開始摻進來如懸河外泄。

1997年

早晨

早晨，如你一時著急所說，
外面下起瓢潑大雪。
可等我出去，它又旋即不見，
只把大街變成了鉛黑色。
這沉降的感覺
終於讓我透出一口氣。

好一個順勢療法。
立春後，再滴瀝一月。
嬉樂一個年終，再加一個年初。
三十歲之後，再鬆懈三年。
如果整千年意味深長，
先再推出一個世紀末。

惡念又出來了，抱怨處處受礙。
我們沉著臉，一語不發。
夢在夜裡開花，都是些
一文不值的感應。
新拓的大道寬敞通暢，
盡頭卻矗立著耗竭的大廈。

因這一時之雪，

我把自己擺出來了。

世道，免我終日伏案。

起碼給我一個綠色辦公桌。

關掉哄響，往回吧。

2003年

記一個苦吟期的詩人

枕上繡著貧寒的圖案
馴服的頭在染整底色
一夜斜倚床前殫思竭慮
房間像山丘一樣跳躍　晃動

鑄不入存在之鏈
我和人群的鑲嵌過於省力
主流不願將我推動
因為我一轉身把人們甩得

太遠　不關心對他們的怨刺
每一個下午　走過最後一條街市
一條亂石磷峋的河道
大腦就像巷腹需要疏導

推開房門　靜得就像剛剛
掩飾住了一陣狂笑
木椅鑽在木桌之下
倚在窗前顯得稚拙

以它那不生產剩餘的方式
木柄笤帚一身乾淨

插頭探身牆內　汲滿
能量　可抽搐的四牆

突破不了最後完成的封閉　門閂
不含象徵　也不適合功能論
你適應不了這段時間
你計量　預算

又騎上別人一支歌曲　一滑走完全程
或者一面汁味嚼盡的書頁
也吸引你對它的每一行字
進行雕刻

1996年

風險

白天來臨，沉住了我沉不住的氣。

生活在窗前統一成溫暖的平面。

可是它自有它潛意識的深度，

夜晚曾像一套挽獸昂首提蹄，突入

它被微雨浸泡的表面。

這是一扇門偶爾打開的結果，

被房間放出來的我

在裡面停止了生長。睫毛頭髮

都刷成時髦的式樣，它的啟示

將我們緊緊糾纏，鋼灰色的色相

把想像力和冥思映照成白痴的行為。

一直糾纏到隱秘處，一個處子面臨的問題。

我東挪西騰，唯恐從

生活的表面墜入搬運性情的巨體驗。

1996年

九五年歲末

晚飯後掠過一陣存在的眩暈，
十點鐘他又在牌桌上活躍。
他斜倚床上，把身體變成三段折線，
不料墜入一場淺淺的小睡。

1994年

病中十四行

與其反復碰見倪虹潔，
不如看黨對歷史人物的決議。
與其認得一大堆新面孔，
不如溫習一遍赤水三渡。
我知道安頓自己不能靠自己。
每次窺探別人，別人會生氣，
不再窺探別人，自己又生氣。
幾日之內，幾乎事事都能落空，
這樣的稀罕事讓我生出最苦的苦笑。
連日傷風讓我頭腦發熱，
蒙頭大睡一直夢到最小的時候。
我不知道抱怨中能找到力量嗎？
這時從河的對岸渡過一支專走彎路的隊伍，
使你現在每要走出乏味都得動用一支軍隊。

2002年

記巨大的傷感

今天，它伏在你的膝頭哭泣。
淚水掉在你的腳下就像雨滴。
夏日的清晨正待掀起晨練，
生活到了盡頭哽噎得頭暈目眩。

多麼奇特的新衣上的花紋，
內心裡卻鬼魅出沒。
現在它容不得任何死亡的軼事，
不敢面對換季以來的湖水和晚景。
當它淚水散盡，死亡卻不能
頂著上升的光線，來到這園中一角。
起碼男主角橫跨更多的世界，
用黑白相間的臉色在此鎮守。

恢復了探討，乾涸的眼睛
一望見底。猙獰的話語又熠熠發光。
生活的劇情已經爛醉迷糊，
卻不能指望像演戲一樣按時結尾。
它感到虛弱。一陣風猛烈地
搖曳著灌木叢，送出後面的人影，
死亡就在這個程度上得到懸擱。

我何曾未被一首歌一樣的東西牢牢虜獲，
被一條林蔭道帶向盡頭，樹葉的
喧響與寧靜，往下撒出陽光碎金。
它頻繁的痛哭引起你嶄新的思考：
狂熱者和卑順者都能夠獲得安寧，
死亡對於傷感者才真正不是一件易事。

1996年

早晨，你說這樣的日子柔和

早晨，你說這樣的日子柔和。
到了下午，我說它淒涼。
雨將時間鎖在不明地段，
蒙住了窗外的蔚藍。
不透氣的眼下生活，
蒙住了全部的其它時光。

這場雨每年都要發表，
某種我才會去想的變化
今天正在通過閘口。
就像五月到了關鍵的一天，
蚊子也會被溫度計的
一個刻度全部釋放。

這雨下在星期天，使茶几
淩亂，讓你像伺候病人，
進進出出，走不遠。
又不得不冒雨外出一趟。
市場淋得清亮，
店主站在簷下，站得硬梆梆。

人們給了用武之地的
只知道穿著打扮。就
這樣狹隘，最好什麼人也別見。
只靠發怒一場，貓
污穢屋角，眼部
罩撇黑毛，遺傳的花樣。

最終揀起長睡，
我將它分為三段來睡，
每一段仍是一場長睡。
外屋，看電視的也睡著了，
節目順著財經、農業
無阻地播放。

1998年

夏天的每一天

1.

一個穩定的態度被打翻，
流出越來越多的興奮。
這源於一個人還想努力
培養不假思索的習慣，
要讓自己該發生的
先發生。讓時間
不再是空跑的貨車。

走完人的辦公室，
嘆息在最微弱處
一次次擴張。
這是不是那種最使勁時
最失敗的創造，見到
一絲天光就會破滅？
我記得有時也
出去一趟，又回來了，
對以後無明顯效果。
日子照舊一過一大片。
看來我迷信有什麼外力
能把我從一個國家的無欲

變成另一個國家的樂觀。
主動把我改變。

2.

響動著，一個小循環反應完畢。
裡面無緣的激動，
讓人慨嘆直覺的天真。
那有毒的臉孔不
迷魂，圓潤的臂膀不起火。
你才重操癖好，
越無特徵越要細細感受。

要把一片空白也過擁擠，
在峰穀急劇中無起無伏。
任由自己放鬆，在夠慢的
行程中頻頻歇腳。明麗
的事物無法扎根生長。
長久無意去留心景物，什麼都
板結了，可
那些多汁的記憶，多叉的未來
都是偷閒取巧的產物。

我為什麼要執著眼前？
一大片夜晚
都消耗在磐石般的散步中。

3.

總需要再驗證一次，
我似乎才會確定：一份
僥幸的事最易
帶九份僥倖結果最易
還是一份僥倖。
它掀起了波瀾和樂趣。
在新一周的第一個早晨，
有一份公文遞來了。
楷體端莊，太美了，
這樣端莊不流露情感。
在常識中你產生了幻覺。

極簡處理，心感到
堵塞，為了這，
我發現日子掀去倦慵外表，
提神，逼真，像雪糕

中的荔枝，霧劑中的玫瑰。
這一天我一張嘴就來話，有
一條街那麼長，像
沿途的店與人一樣性感。
傍晚熱浪烤黃了天空，
久不成片的大雨點
繼而將它掃得微醉。

4.

別的時候口齒鎖死不堪啟舉，保全了
道；一天出門幾個來回，
保全了輕裝。
以前的一個勇猛動作
讓人從一個肯定
不小的困難中抽身，
自此不進而退。現在用盲目
保全不受滿街性的轟炸。

那勇猛給人清新的啟示。
十字路口，彙入人群，
眼睛呆滯地吸汲咀嚼，

一聲號令向前傾瀉。
我終於什麼也沒捉到，
它們都在爛熟中散漫敞開，
還在向
無限陌生的領域滲透。
享樂，最厲害的消耗。
幸福斷送了幸福。受苦又
讓人堅忍，都成了障礙。

5.

三言兩語裡，有
走不完的路程。
我思欲無度，表情
喪失為一種。
被同一個屋子的一角
常年磨蝕，同一個
對面的人磨蝕。
面對那雛鴉之鬢，
細嫩不堪歲月的眼角時，
越發淺露，缺光。

長夏中，我已認識了
什麼是豐美的長睡，
能關心得動的
只有整個國家腰部的汗漫洪水。
有人一直走到了最前沿，水舌
舔著了腳尖，
終於卻步了，回到
這沒有任何隱患的地方。
這可能就是這些年的特徵。
我們的年齡還算可以，
但我聽說自己還是
已經不小。偶一思之，
難道有助於將我樹立？
美啊，非我所思。體格，
地理，勇氣中都有漏洞。

6.

蟬鳴，像一鼓作氣的快艇
切割，留下長痕。
時日單調至於不忍。

並不發出聲息，
壓得人端坐無語。
我們總是學不了
以前的人們，即便
曲肱而枕，朝著窗外。

這段低迷與那段蔓延欲接。
留給記憶幾個席位。
一些美人在有冷氣的大廳
冰涼，清醒。
另一些容貌不整，額角
壓著席紋。學生們，
徹底一夥怪人。
他們遠去那明亮的天際浮雲，
收割後的麥壟畦頭，
六月搖楊勾出幹掉的河道，
要考察什麼生活的現狀。
一個記得起的夢，
暴露了我從未意識過的一個欲望。

7.

夜裡，生活收縮包圍圈。
以平米計算，讓親
而昵，而溺，而逆。
往往賦予輕鬆形式，
白天以套色版面討論。
這種閱讀僅止於
開胃，呵，只因人
都懶到無法長時間坐直。

這裡被走廊曲折
深深掩藏，給你
連續幾小時出汗的安寧。
等摸出有幾次臺階的黑暗，
這算哪類不可告人？
到街上，燈火送爽。算
什麼幽閉的極致：
整座樓都背負身上，
鍵盤上胡亂沒有正經，
倒滿苦思與蜜？

1998年

登高
——仿布寧

登高與往返　兩樣運動

春節期間　我們爬上西郊無名的山頭

在它的陽坡和陰坡

在陽光和寒風的翻滾中

觸到了青春歲月的淒涼之感

那時你寫下了從車窗中

看到的霧靄靄的小樹林的詩篇

也是這樣卷挾細砂和冷氣的風

真實地擺動在前方

青春　才在這突破不出的大地上

升華出變異和例外的意味

沒有水芹和細辛香那樣的

室內意象

一棵野板栗　也像是紅燒的

異國風味

至今仍為眼前荒涼中

蘊含的記憶震撼

今天　再把這殘留延續的情感

往裡儲藏

1995年

在橫渠

我的認識一知半解，
我的嚮往三心二意。

東坡，由他秀麗的南方眉山，
到這水濁如坩的鳳翔府，
一待就是八年，也訪問了同榜的家鄉，
眉縣，這又是一巧。訪問完畢，
照例要做詩，文思枯竭，
只靠一手漂亮的字來挽救。
文字時時要陳舊，書法的樂趣總是新的。

方那時，東坡有年輕人對佛道的興趣。
張載年長一輪，已厭倦了佛道，
決意做一些成人的事業。
東坡一生本質是個書生，
他冒一些險只是才高技癢而已。
張載，做成了一些事。
試驗田畝制度，修訂家法規矩，
陳義高，求治切，
有什麼意義，都是研究者關心的事。

我厭倦這坦蕩如坻的平原啊。
一年四季撲滿灰塵，不溫不火。
新而反陋的村莊，集市染污的鄉鎮，
雷同可憎的縣城，就像滿街的禮盒，
包裝再豪華也掩蓋不了春節情趣的悲哀。
你何曾有第二次機會
在一個縣城突然看到一頂古塔；
只有一路顛簸，到達尋常的橫渠，
名字何其古，鎮卻全新，
一座仿古的書院列在一廂，
總算新奇，這個地方有點觀瞻。

向南二十里，上了原，
出現了大溝大壑，視線有了曲折迂隱，
我的情緒才高了，是頓時從倦意中
激動起來了。
我原來真正愛的是山啊。
仁者愛山，我看仁者愛平原，
佛道才愛山。即便無清氣，
也有高危跌蕩來的空虛。

張子身後擇居一片橡林，
遠處坡面田疇如梳，坡脊上一座小屋，
小路邊灑著白楊。

這逃避的制高點面臨前方，
如此廣大一片土地。
二十里下山路，直得沒拐過一次彎，
沒有一次被村莊打斷，可休息停頓。
一口氣走這麼長的路，我才能開動想像。
張子帶著弟子一步步走完全程，
一次一日，一月數回。
我提醒到，從這個角度，此地是活的。
我們愛離我們最近的事物。
愛得遠了，就會發瘋。
可我們也崇尚發瘋，想借此增強力量。
因此總愛遠望，回眺，但休息卻總在現時。
這小蹦蹦車裡載著寒意，
日不敵風沒有行人。
四周，地方以獼猴桃立縣，
田頭扔滿驢糞蛋。

極感饑餓，像細樹枝一樣耐嚼，
地方全靠一種手工麵。

2003年

閒置的家園

鳶尾的幾枝花葶上正藍。
其它散落的花籽紛紛出苗，
在庭樹下形成令人深愛的
「林薄」──我一直準備用它給人
起名字。女主人丟下她
經營出的上好的清靜，
藉口畏懼孤獨和人際關係。
房門的鎖打開，湧出
潮濕悶熱的空氣。抽屜裡
大多數東西仍能使用，
電話機馴服地潛伏著優良
信號，仍是活的。
這個當兒，幾個侄子正七手八腳
抽出井水，到處澆灌。
我眼力在這裡才顯得不行了。
老覺得院子裡不明朗，彷彿
能看出那層濃郁空氣的身影。
我們這一來沖散了它。再將門
從裡鎖到外，街上四鄰
都不見，正好BYE-BYE，
你們都好好過吧。我們親歷的個案

要積極貢獻給我們一生要親歷的
歷史學和社會學。

2001年

宿鎮

三角集市廣場垃圾絆腳，
清掃的工作怕要重過農活。
年輕人的身影晃動，
鄰樓某單元日前又傳殺人。
我躲避著進了一家網吧，
人情很淡，沒人惦念。
幾分鐘出來，咚，咚，
黑暗中，重磅花炮硝煙嗆人。

百貨店都改制了，推行超市模式。
科技受到嘲笑，說某個誰誰，
進去遛了一圈，正要出來，
被吸在門上，狠狠罰了一筆。
據他講，是地上掉了
兩個泡泡糖，他順手揀在兜裡。

大叔一生百折不撓讓人佩服，
退休後將家辦進兩居。
沙發靠牆擺滿一絡，
架勢可以坐下全部常委。
我一會兒功夫就能回家，
盛情難卻只好留宿一夜。

吃了一頓麵，客廳全是香味。

小房間裡簡潔，安靜，

無思無緒正好彌補多日缺睡。

2003年

漫興

前幾年，我曾喝了10斤一桶的西南玉米酒。
今年，又有幸喝到了地道的該地米酒。
入口多半時間像礦泉水，只在末段
像淘米水。從無強烈醉感，但
飲畢即昏昏思睡，
兩三日神志不能全清。

不知從何時，我知道了
什麼叫酒肉不分家。
每遇葷腥，都覺無酒難下。
後來我長時間只吃小米粥，
快要吃出延安精神。
我看電視上有人喝酒就想酒，
見書上有人喝酒就想酒，
不過，一人喝酒總在少數。

古人詩雲：「腥膻都不食，
稍稍覺神清。」好境界。
因為老是精力不濟，我常
控制逾周不沾酒肉。
但那樣扶起來的精神不敢遇

半絲煩亂。畢竟，
吃得好身體才真正強健。

2002年

現在合用的思想

企業瀕臨倒閉。理論上
已經倒閉，或理論上還沒有倒閉，
這就是我工作要確定的內容。
我叫來一個老軍，幹活善於
活引《聖經》，戲引《毛選》，但事情
隨著危機加重，氣氛
一天天緊張

發生了變化；現在，
我對他說，關於當前世界的那三句半，
你自己已承認，一套一個準，
我再給你兩段注解。
這樣，他喜衝衝地
回來反饋。下班
剛進院子，我那街坊，
我彙報過的那個開摩托車
賣場買賣做得挺大的
發小，敲門進來，
正撞到槍口，上回的三句半
他已心服口服，我們就
趕忙消化了兩段注解，
一直整到十一點，明顯
你感到人不一樣了。

進院子那就一販子，
出門他感覺是文化武裝的新人了。

2013年

某自述

八幾年的一天，我由鄉巡迴法院到縣裡，

去看同學。正趕上集混。

我買了一些菜，穿過人群。

有個老者從身後抓住我胳膊，

喘著氣，哭球不兮兮地對我說，

快、快同志我剛賣了牛，被一夥爛私兒

搶走了錢，人朝東關方向跑了，

你快幫我去追啊。我一楞，說我不是公安，是法院的，

叫他快去找派出所。老者說派出所我去了，

他們讓我先登記寫明事由，我等不得。

寫明事由？嘿。老者說我看你穿得

周吳鄭王的公檢法都是一家，如何如何。嘿。

我一樂，也就一個念頭，就帶著老頭朝東邊追去。

在城門口，我跑進汽車站，

把菜放在大門後的牆根上。

我們追了一會兒，哪裡見個人影。

我心想，這不是瞎追嗎？不過，你別說，

沒多久還真給追著了。幾個爛私兒走得不緊不慢，

以為沒了事。我大喊你們前面的人站住。

他們回頭一看，撒腿就跑。我拔出槍，

大喊要開槍。爛私兒一下分開朝四面跑去。

我認準一個手裡拿寶劍的，追上一個坎子，

呵，那邊是個深溝。那爛私兒猶豫半天，
實在沒辦法，硬跳了下去，腳當場就歪了。
我槍裡有子彈，趕緊下了。也跟著跳下去。
我會落地滾。沒事。又把子彈裝上。
那爛私兒一瘸一拐，可跑起來不要命，
眼看前面就是一個寨子，沒辦法，
我朝他打了三槍。子彈打不遠，
爛私兒嚇懵了，一下子跌倒在地。
我衝上去，用槍在他肩上一頓猛砸，
好在是個54的，挺沉，放個64的屁作用都不起。
所以我們同事都喜歡54式，好歹是個傢伙。
我奪下他的寶劍，踩在腳下。
還沒來得及喘氣，老者的女婿
不知什麼時候跟上來了。那爛私兒
凶完了，抓起寶劍，就朝那搶錢的
腦殼上一頓猛砍，我哪裡擋不住，
給砍得血乎乎的。我氣壞了，
這下還得我跟那爛私兒把那傢伙
連攙帶抬地弄回去。竟然追了六里地，
靠，放現在老子也沒這個激情了。
我到汽車站拿上我的菜。到了派出所，
靠，沒落一句好話，說我沒有阻止

傷害犯人。回到單位，還給我記了一過，
說我濫用槍械。我們院裡也有個協警的，
有一夥人撬開了一個棉花倉庫，扛走了幾大包原棉。
扛著棉花包能跑多快，他把人家的腿上打了一槍，
也沒記過啊。而且那次抓住搶錢的團夥，片警得了
300元獎金。300元啊。那時一月工資只有幾十塊。
靠，我每次帶槍，都背透了。
我有個年輕的女老師買西瓜，賣瓜的婆娘
賣以前嘴甜得很，等打開一看，生的，
那婆娘就凶起來了，硬說不生。正好我路過，
我女老師說擁軍你快過來。我一聽事情經過，
二話沒說，把錢從我女老師手中奪過來，
扔給那婆娘，說我們給你把這西瓜砸在這裡。
猛地一砸，啪。摔得稀爛。
我女老師再也不理我了，硬說
我身上還帶著槍。我能拿槍打人家嗎？
我在另一個鄉法院時，那是更早的事了，
認識了寨子裡的一個苗妹妹。長得
臉圓圓的，皮膚白完了。我們好上了。
有一天我把她帶到宿舍。我們院長不知怎麼
闖進來了。讓我們從床上下來。他看到我的
槍從枕頭下露出來，硬說我亂放槍支。

全院通了報。後來有人告訴我，
是因為我楞頭青，剛來時把人家已經結了的好多案子
又亂刨一通。我那苗妹妹當時對我真好啊！
後來不知怎麼就自殺了。知道我這場愛情的人
都覺得很奇怪。我在北京見了一個又一個人，
根本沒法跟我的苗妹妹的漂亮比，就這，
靠，都還嫌我沒房子，我的新單位馬上要給我
三室一廳了，誰會一輩子連個房子都沒有呢。

2004年

中午闖入貨站

偉大的城市，曾把一支單線鐵路

鋪入腹中，以讓大宗物資

就近集散。現在，環城公路

取代了它，讓它無數道口

徒然保留常年不動的槓杆式軌道式路欄。

它的名字，徒然停留在我們

輕工業生活的中心。占地幾頃，

徒然阻隔四方交通，使路線

混亂，行人繞行，除了

不知情的人。一日。

午間炎氛高熾。我手捏一隻大信封，

裡面積攢著手續。我只認準了方向，

不料誤入它鬆懈的大門。

有幾隻人影背受暴烤，寂寥行進。

我跟隨在後，漸漸看見裝卸橋

橫在半空，一道又一道。

道路形勢逐漸不明。廣場

出現分岔，緩坡伸向月臺。

從那裡，爬出一條鐵軌，用它的弧頂

橫切一條無限漫長的小道。

一列無頭無尾的貨車，蹲立在地（沒有路基）

受制於弧線向外拱來，

把我們逼入一個狹長死角：

一側延伸著廢棄倉房，木板

橫釘著破爛窗洞，牆上反復書寫，

杜絕依其大便。一側，灰頭

土臉的夾竹桃和紅柳雖高過人頭，

卻難施涼蔭。尤其前方只剩

一個年輕女人，手撐陽傘，衣著簡潔。

恐怕連她也覺得形勢險惡，

只差大多數人都不會持續注意腦中的

歹意邪念，只差這段經歷

沒有足夠延長，宣告了它

突然開闊的盡頭：領路人

湊向一個整潔小屋，門前

一隻水龍頭嘩嘩吐出涼意。

難道她是來提一份與她形象不符的重貨，

或見一個與她形象不符的職工？

我後悔自己獨處不慎。已知道是貨站，

就應及時退出，不應僥倖認為能

找到缺口，抄成捷徑。

遠望四周，高層居民樓向我展示親切陽臺，

但我知道它們如平原見山，入目百里；

或如蔣介石慨嘆江西紅軍，是
「林子裡的鳥，看得見挨不著」。
彷彿它必然封閉嚴密，
有一絲早年偶試逃票時東闖西闖的慌神。
我確信現在不會有事，最主要的恐怕是
有準備再長途折返。好大的心勁！
鐵軌層層起皮，時開時合。中間
蒿草、藜草、茅草自行綠化，不病不枯；
廢舊集裝箱身影笨重，銹汁淋漓。煤黑
路面渣土混凝，乾淨結實。
而一二刷新小樓，有職工零星出沒。
我不願打聽出路，虛擬給他們一種習氣。
我已感到走路太多，失去了理智。
我臉色煞白，利於陽光敷上炭粒（且
讓它能燃燒一層脂肪）。
嘴唇鮮紅，汗珠如小蟲在髮間蠕動。
君子慎獨。我擔心自己
近來思維的不良傾向，沒人
的時候常過於散漫。

現在尤為擔心，再走下去，
就會把我的涼鞋走斷。

2000年

跋

現代詩中，我發現仍可用到古詩中幾樣最主要的技法。比如興，這個是我最感意外也最想提及的一點。我感覺無意中使用了它，並對其產生的效果抑制不住有些興奮。九十年代中期，我既扔不下用功不少的關於物和名詞的那些積累，又深有各種心理困擾，老想表達點沉思玄思和冥思，因此不自覺地把兩樣往一起一湊，結果在〈畫中的山〉、〈使用郵政業務的人〉、〈陝北的山曲〉、〈模擬的記憶〉等詩中，感覺產生了一種我聽得到的一唱三嘆的聲音，直到後來比較抽象模糊的〈怎麼辦〉等詩，都還有這種感覺。有一天，我明白了，其實這是依賴了興的基本結構力。我很感謝這個做法。記得那時有個老師第一次見面，總共也就一次見面，隨便甩了一句，說我「寫詩還是很放鬆的」。我確實感到這樣寫詩要省力一些。把不沾邊的物和說理道情交叉使用，給我的詩也許帶來了一種最好實現的複雜度。

還有，我有時也局部用一下賦，三下兩下來幾句對仗，起碼故意用一堆齊整的句子。現代詩不可能整體搞對仗，古詩中也只有幾聯用對仗。對仗是一種純語言樂趣，一種遊戲，也會產生輕鬆和悅人的效果，給愁眉苦臉的詩緒製造一些平衡。除此之外，2003年左右，我也不自覺地非常依賴格律了，寫了好多四行一節的詩，都像一種膚淺熱鬧的音樂一樣踩著音步，有

幾首甚至一韻到底。這不是由於我考慮了漢語詩人的政治性，而純粹是為了讓詩歌容易推動，減少一些結構設計時的無所適從。我純為喜劇效果用過格律，當然，大多數情況下，基本實現了形式上的變形效果，能緩衝意義，有些語言自足就止步了。

關於物的傳統，簡單地說就是名詞的使用，我體察到的受過的影響，有納博科夫字典式的，有博爾赫斯典籍式的，有英美詩歌寫實式的（接受了其教育的非洲的索因卡也對我有明確可指的影響），也有歐俄象徵存在感極強的那種用法。英美詩歌的意象的用法，在中國古詩中找對應，既能找到晚唐那樣的典則工麗，也能與另一個方向的禪意的詩歌產生聯繫，最雄奇震撼的意象使用法個人認為是又質實又解構的黃庭堅的詩歌。黃庭堅在「挽著滄江無萬牛」、「西風消殘暑，如用霍去病」、「數面欣羊胛」等詩句中對名詞的用法，理禪會融，最感到達到中國式語言本體的境界，催人崇敬而惶恐地不住地體味。

與物化詩歌相對應的詩，那種意識流式的詩歌，在西方詩人中也有非常刻意的追求者。記得阿什貝利的一個詩集的封面就是幾乎沒有物象的海景畫。在古詩中，忘了是在哪部詩話中，應該把「白湖萬頃」的風格給了廣大教化主白居易。白居易很迂很憨地寫了好多大白話詩，給人感覺已到了不講究的極限，但又整體形成了非常獨特的氣象。在當代，一個詩人可以刻意不使用任何形象鮮明到會引人注意的物化詞彙，卻可以照樣來達成詩意，就像繪畫中所對應的那種風格一樣。非物化、

不具像詩還有一個變種，那就是拼貼的、潑灑的詩。九十年代初，美國的語言詩也曾在人的反感拒斥中不可思議地留下了影響，尤其在阿什貝利那裡促成了全新的難以企及的詩意。這些完全由碎片拼貼的詩，整體上我認為也是非物化的。

以上例舉的，就是我曾經接觸並或多或少加以學習實踐的詩歌策略。能支撐我寫了上百首詩的，很多時候就是為了使用一下這些策略。其他的詩歌策略還很多，要不自己沒接觸，要麼就是自己根本喜歡不起來。我感到有些詩歌完全是由於這些技巧而產生了詩意。詩歌就是這樣通過語言對塑造意義產生了作用。它們開拓了認知和情感的維度，讓人感覺自己是個有多樣性從而更能向統一性發展的人。

2015年5月

語言文學類　PG1426　中國當代詩典　第二輯15

林中小憩
──席亞兵詩選

作　　　者 / 席亞兵
主　　　編 / 楊小濱
責任編輯 / 鄭伊庭、杜國維
圖文排版 / 連婕妘
封面設計 / 蔡瑋筠

發 行 人 / 宋政坤
法律顧問 / 毛國樑　律師
出版發行 / 秀威資訊科技股份有限公司
　　　　　114台北市內湖區瑞光路76巷65號1樓
　　　　　電話：+886-2-2796-3638　傳真：+886-2-2796-1377
　　　　　http://www.showwe.com.tw
劃撥帳號 / 19563868　戶名：秀威資訊科技股份有限公司
　　　　　讀者服務信箱：service@showwe.com.tw
展售門市 / 國家書店（松江門市）
　　　　　104台北市中山區松江路209號1樓
　　　　　電話：+886-2-2518-0207　傳真：+886-2-2518-0778
網路訂購 / 秀威網路書店：http://www.bodbooks.com.tw
　　　　　國家網路書店：http://www.govbooks.com.tw

2015年10月　BOD一版
定價：290元
版權所有　翻印必究
本書如有缺頁、破損或裝訂錯誤，請寄回更換

國家圖書館出版品預行編目

林中小憩：席亞兵詩選 / 席亞兵著. -- 一版. --
臺北市：秀威資訊科技, 2015.10
　面；　公分. -- (中國當代詩典. 第二輯 ; 15)
BOD版
ISBN 978-986-326-350-0(平裝)

851.487　　　　　　　　　　　104011315

讀 者 回 函 卡

感謝您購買本書,為提升服務品質,請填妥以下資料,將讀者回函卡直接寄
回或傳真本公司,收到您的寶貴意見後,我們會收藏記錄及檢討,謝謝!
如您需要了解本公司最新出版書目、購書優惠或企劃活動,歡迎您上網查詢
或下載相關資料:http:// www.showwe.com.tw

您購買的書名:_____

出生日期:_____年_____月_____日

學歷:□高中 (含) 以下　　□大專　　□研究所 (含) 以上

職業:□製造業　□金融業　□資訊業　□軍警　□傳播業　□自由業
　　　□服務業　□公務員　□教職　　□學生　□家管　　□其它_____

購書地點:□網路書店　□實體書店　□書展　□郵購　□贈閱　□其他

您從何得知本書的消息?

　□網路書店　□實體書店　□網路搜尋　□電子報　□書訊　□雜誌
　□傳播媒體　□親友推薦　□網站推薦　□部落格　□其他_____

您對本書的評價:(請填代號　1.非常滿意　2.滿意　3.尚可　4.再改進)

　封面設計____　版面編排____　內容____　文/譯筆____　價格____

讀完書後您覺得:

　□很有收穫　□有收穫　□收穫不多　□沒收穫

對我們的建議:_____

_____

_____

_____

11466
台北市內湖區瑞光路 76 巷 65 號 1 樓

秀威資訊科技股份有限公司 　　收

BOD 數位出版事業部

....

（請沿線對折寄回，謝謝！）

姓　　名：＿＿＿＿＿＿＿＿＿　年齡：＿＿＿＿　性別：□女　□男

郵遞區號：□□□□□

地　　址：＿＿＿＿＿＿＿＿＿＿＿＿＿＿＿＿＿＿＿＿＿＿＿＿

聯絡電話：(日)＿＿＿＿＿＿＿＿＿＿＿(夜)＿＿＿＿＿＿＿＿＿＿＿

E-mail：＿＿＿＿＿＿＿＿＿＿＿＿＿＿＿＿＿＿＿＿＿＿＿